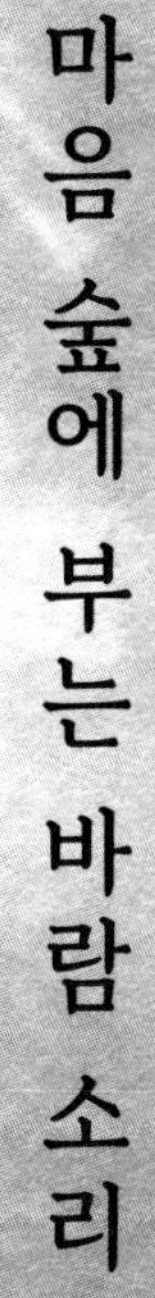

마음 숲에 부는 바람 소리

유종식 시집

힘움

시를 쓴다는 것

모르는 여러 사람의 가슴에

눈으로 노크를 하는 것

대부분 문전박대를 당하고

열리지 않는 문이지만

지치지 않고 실망하지 않고

다른 문을 계속해서

조심스럽게 두드리는 일

문 열리는 드문 순간의 희열이

부끄러움과 망설임을 덮어 주는

사람의 감정이 곧 예술이고 공감은

다른 사람 감정의 몫이어서

부끄러움 무릅쓰고

두드리는 일을 이어 갈 뿐

요즘의 세태는

혼자가 익숙한 사람도

동행이 있어야만 하는 사람도

같이 살아가는 세상이라지.

2025년 12월

유종식

1부 따뜻한 봄볕 같은

봄 · 8

꺼병이와 봄 봄 봄 · 9

친구 · 11

호수에 그린 동심원 · 12

웃음 · 14

봄소식 · 15

지퍼 · 16

입춘 · 17

봄비 · 19

신호등 · 20

자목련 · 21

꽃사과 · 22

계절의 여왕 · 23

달빛 아카시아 · 25

수다 · 27

우수 · 29

비 · 30

터널 · 31

풍경 · 32

입방아 · 33

꼬리 이야기 · 34

나이 · 36

꽃과 말뚝 · 37

화양연화 · 38

도라지꽃 · 39

새 옷을 사면서 · 41

귀 기울여 봐 · 42

아지랑이 · 44

경칩에 · 46

봄빛 · 47

별꽃 · 49

능소화 기다림 · 50

청명 · 51

2부 다정히 마주하고 싶은 고향

밤 뻐꾸기 울던 날 · 54

택호 이야기 · 56

박꽃 · 58

뚱내미 회상 · 59

앞 도랑 · 61

어머니의 여름 · 63

다듬잇돌과 방망이 · 64

콩나물 동이 · 66

어떤 전람회 · 68

뒷동산 · 70

빈티지 내 고향 • 72

둔지메 모내기 • 74

풍속화 고향 • 76

탱자나무꽃 • 78

동짓달 • 80

눈꽃 • 82

텃밭 • 84

패랭이꽃 • 85

유월 • 87

씀바귀 • 89

할미꽃 • 91

인동초꽃 • 93

새 친구 • 95

땜장이 • 96

천생연분 보리개떡 • 97

여름밤의 꿈 • 99

불륜 • 101

시골 장날 • 103

업둥이 뻐꾸기 • 105

고추장 이야기 • 107

나이테 • 108

게으름뱅이 • 110

참나리꽃 • 112

3부   창밖에 서 있는 그리움

독주 • 116

역마살 • 118

나비의 꿈 • 120

홍수 • 122

연꽃 • 123

법성포 해넘이 • 125

바람이네 • 126

소나무 단상 • 128

아비지를 기리며 • 130

개구리 • 132

노숙자 • 134

무지개 • 135

나목 탕 • 136

미운 사랑 • 138

채석강 공유 지분 • 139

이슬 • 141

사랑의 대가 • 142

처서 • 143

아카시아 • 144

가을 오는 소리 • 145

리필 • 146

쓰는 일 • 148

아 가을이다 • 149

별리 • 150

눈물 꽃 • 151

신발 • 153

도리깨 • 154

낙엽 • 156

맷돌 • 157

나들이 • 159

시월은 • 161

하루 • 162

가을의 시 • 164

4부   때로는 멋진 가끔은 섭섭한

남천나무 • 168

가을비 • 169

억새꽃 • 171

서리꽃 • 172

술래 같은 • 174

만추 • 176

궁따다 • 178

바람 강물 그리움 • 180

겨울 산 • 182

첫눈 내리는 날 • 184

눈사람 • 186

겨울 호수 • 187

폭설 • 188

오늘의 운세 • 189

진눈깨비 • 190

12월 • 191

놀이터 • 192

그림자 • 194

장마 • 196

운주사 • 198

그리움을 만났다 • 200

멧비둘기 • 202

사랑의 서사 • 203

상록수 • 205

고사리 • 207

삼짇날 • 209

첫눈 • 211

갈퀴나물꽃 • 212

꿈꾸는 • 214

벚꽃 • 216

꽃 • 218

명품 사랑 • 220

어떤 목소리 • 222

1부

따뜻한 봄볕 같은

봄

울타리 너머에 와 있는 봄을
장닭이 물어다 마당에 풀어놓았다

암탉이 병아리 떼 거느리고
마당에 떨어진 봄을 몰고 다닌다

싸릿대 개나리 탱자나무
살구나무 자라던 성긴 울타리

어미 닭 부리에 놀라 먼저 눈 뜬
개나리 노란 웃음 머금고 피었다

어미 따라 병아리들 쪼아 보는 울 밑
보송한 땅 뾰족이 깨어나 돋아나는
연둣빛 쑥 하얀 냉이꽃 자주 제비꽃

노랑 병아리들 종종걸음질 치며
어미 품속 들랑날랑 삐약 삐약
숨바꼭질하는 양지바른 마당

수탉 졸고 있는 한낮
자상한 봄볕이 살피고 있다.

꺼병이와 봄 봄 봄

까투리 부르는 귀공자 장끼 장서방
우렁찬 울음소리 함께 찾아온 산속의 봄
마른 잎 수북이 덮여 있는 고목이 된
아름드리 상수리나무 품 넉넉한 가지 아래

숲속 최다 다둥이 가족 산꿩
장서방 까투리 부부 꺼병이네
대가족 이룬 새로운 삶 더없이
분주하고 수선스러운 이른 봄날

여물지 않은 발가락 바지런히
허적거리며 부리 쪼아 보는 꺼병이들
마른 잎 틈새 뾰족이 드러나는
연한 초록 잎새 착하디착한 풀싹들

꽃술 감춘 분홍 진달래 빙긋이
웃음 웃으려는 물오른 가지 사이
하늘에서 내려온 앙증스러운 다섯 꽃잎
하얀 별꽃 보일 듯 말 듯 춤추듯 흔들리는

바람에 일찍 떨어진 흰 매화 꽃잎
작은 부리에 문 채 혼자만 갖겠다고

줄달음질 치는 꺼병이 종종걸음 따라

총 총 총 깨어나는

야산의 귀엽고 사랑스러운

봄 봄 봄.

친구

내 친구는

푸른 하늘과 이어 달리는
산봉우리들 사이
닿을 듯 말 듯 떠가는 흰 구름

누워서도 앉아서도
창밖 바라보며
편안하게 감춤 없이
아무 이야기나 나눌 수 있는

하나는 외로워
어릴 적부터 연도 날려 주고
바람개비 멈추지 않고 돌려 주던
단짝 친구 바람의 언덕에 사는
바람이 있어

오늘도
바람의 언덕 집에서 마실 와서
셋이서 느리고 편안하게
수다 떠는 날.

호수에 그린 동심원

바람 자는 날 비어 있는 호수

한가로이 떠 있는 물오리 물갈퀴

분주한 발아래 자라는 연잎들

고요 속 한적한 호숫가

혼자도 느리지 않은 같이 있으면 더 빠른

둘이 나누어 써서 짧아진 수직의 시간

남겨진 세월 수평으로 펼쳐 늘려

시간의 자리 넓어진 곳 빛바래지 않은

살아 있는 기억들 빼곡히 자리하고 있는

추억의 보따리를 풀어 헤친다

망각의 레테강 가에

물망초 한 떨기로 묻어 두고 싶었던 너

그 격정의 시간들 띄워 버리고

돌부처처럼 돌아앉다니

함께 나누던 황금의 세월들

다 잊고 싶고 모두 잊는다면

너는 산 사람이 아니다

대답 없이 입 앙다문 듯 잔잔하기만 한 호수

울컥한 마음 실린 작은 조약돌 힘껏 던진다

낡은 공책 침 바르며 꾹꾹 눌러쓴
서툴지만 정성 곁들인 글씨에 받던 자랑거리
빨간색 동그라미 다섯 개보다 더 많은
동심원 그려 주는 호수의 소리 없는 응답
그 마음 잘 안다는 위로와 세심한 다독임이런가

놀란 왜가리 바삐 날아오르는
눈부신 푸른 하늘이 호수에 내려온다.

웃음

살아 있는 동안 빛나라
이천수백 년 전 노랫말이라네

빛나는 삶 무엇인지 모르고
지나친 세월은 어쩔 수 없지

우리 지금 빛나는 삶을
살고 있는가

시간의 눈치 살피며 주눅 든
모습으로 빛을 발할 수 있겠는가

한 오백 년 살자는데
웬 성화냐 가락도 있지 않은가

환하게 웃는다고 하지
빛나는 삶 웃음 아니려나.

봄소식

늦추위 끝자락에 길 막혀

다시 올 것 같지 않던

봄 햇살 따뜻하게 찾아오고

바람결 포근해진 때 자분자분

살갑게 찾아온 봄비

민들레 사랑초 애기똥풀 철쭉 황매화…

길섶 봄꽃들 실하게 풍년 들었어요

귀한 아가 응가 냄새나는 구린 향기도

이 봄의 선물로 받지요

송화 향기 번지는 상큼한 숲속

짝 찾는 새들 지저귀는 소리 생기 넘치고

날갯짓 분주하네요

쌀쌀함이 길었는지 사월 마지막까지

뻐꾸기 소식 아쉬움 속 지난해 오지 못한

두견이도 함께 오기를 기다리는

까치 소리 요란한 날들

반가운 소식 오려나 설레지요

눈길 닿는 곳마다 빛깔 선명한

싱싱한 꽃들이 덤으로 주는

머무를 곳 정해지지 않은 그리움은

커지고 가슴은 설레는 봄이네요.

지퍼

아름다움과 부끄러움 사이를
아슬아슬하게 구분 짓는다

드러나는 것과 감추어지는
것들을 매몰차게 확정 짓는다

입에 지퍼를 채운다는 잔인한 쓰임새
음험한 어떤 어두운 음모의 몸짓이 담겨진다

마음에 달라붙어 잠긴 지퍼는 한 살 되어
평생을 불구로 살게 하기도 한다

잠근다는 말은 연다는 말보다는
삶의 무거운 짐을 더하는 말이다

보통의 사람들은 지퍼는 올리는 것보다
내리는 것에 더 많은 관심을 보인다.

입춘

천 개의 모습으로 오고 가는
늘 마주 대하고 살아도
보이지 않는 바람 같은
내 마음속 천 개의 얼굴로
자리하고 있는 그대
정녕 이제는 바람 같은 존재이려나

보이는 것이 다가 아닌
겨울 속 죽은 듯 앙상한 모습 헐벗은
가지만으로 침묵하며 피 돌림 멈춘 채
서 있는 떡갈나무 무수히 밟혀 상처 난
핏줄에서 흐르는 땅 적시는 나무들의 피
얼어붙은 땅속 뿌리들의 분주한 움직임
머지않은 봄날 구름처럼 피어날
새잎들 준비하는

세상 사는 동안 일어나는 일과
바라는 일을 구분하려 마음 추스르고
찬 겨울바람 앞에 거울 바라보듯
자신을 들여다보며 서성이는 날

무수한 월계관으로 장식될 무성하고

넉넉한 살아갈 것들의 그늘 만들어짐

청딱따구리는 아는지 겨울 동안

참고 있던 맑은 노래 다시 부르며

2월의 문턱 넘어선 입춘 희망을 담아 전하듯

떡갈나무 가지 쪼아 대는 멀리서 들리는 듯

아련한 울림 작은 소리 반가워라

덜어 내고 또 덜어 낸 작고 더 작아진

바라는 일 그 희망의 끈 대문에 걸어 두고

오시는 날 기다리는.

봄비

봄날 오시는 비는
가을비와 다소 결이 다르다

봄비는 누군가의 손잡고
울 안으로 들어오시고

가을비는 잡은 손 놓고
대문 밖으로 뒷모습을 보이신다

봄바람에 서둘러 핀 철없는 꽃들
한 잎 한 잎 닦아 주듯 어루만지고

깜빡 늦잠이 든 꽃망울 조용히
깨우며 다정하게 봄비 오신다.

신호등

제발 가지 마
눈에 핏발 선 빨간불을 켜고
그녀를 꽉 붙잡는다
안도의 숨이 다 멎기도 전에
냉정하게 어서 가세요
초록의 불이다
못 가도록 붙잡으니
네가 그냥 가 버리란다
가야 하나 붙잡을까 아닐까
망설임 속 갈팡질팡
노란불 잠시 켜지고
변덕스러운 그녀
다급하게 아니 가지 말아 줘요
온통 밀고 당기는
우리를 지친 듯 지켜본 신호등
가든지 말든지 하든지 말든지
쓰든지 말든지 이 밤 다하기 전
니들 맘대로 해
자판의 커서처럼 점멸한다.

자목련

그립고
또 마냥 그립다가도

울컥한 마음 지친 그리움 돌연
미움으로 다가오는 순간이 있다

순백의 순수한 사랑 덧없이 지듯
하얀 목련 눈물 꽃처럼 떨어져
물들지 않고 변함도 없다
약속 믿음 신뢰 깨지며 어지러이
흩어진 뒷모습 보이던 날

흔한 사람이면서
흔하지 않게 사랑했으니까
흔한 그리움 흔하지 않은 짙은 미움으로
순간이나마 자리하는 날도 있으려니

이별의 회한 삼킨 검붉은 핏빛
자목련 하늘 향해 꼿꼿한 날에는.

꽃사과

꽃사과꽃 꽃잎 벌어지기 전
불 켜지듯 동그란 붉은 봉오리 가득

수줍음 많은 산골 소녀 볼
꼭 닮은 불그레 시골스러운 꽃봉오리

어느새 붉은 빛 부끄러움 사라진 자리
온통 아름다운 지성미 넘치는 성숙한
눈부신 미인 같은 순백의 꽃 무리

사과꽃이 아닌 꽃사과꽃이래요
지금만 있고 나중은 없는

아름다움은 길지 않구요
순수한 사랑은 훗날을 재지 않는대요

임도 보고 뽕도 딴다고 하는데
임만 보면 되지 뽕은 그만두래요
사랑은 욕심부리지 않는 거래요

미인박명 딱히 어울리는 화무십일홍
못다 채우고 달아나듯 가시는 짧은 봄날
우리네 삶 닮은 꽃사과 아름다운 꽃이랍니다.

계절의 여왕

고목이 된 팽나무 갓 핀
연초록 잎들이 스무 살
꽃다운 아가씨 싱그러운 모습
저 어때요 자랑하듯 살랑살랑 하늘거리는

숲속 아직 오시지 않은
다른 해보다 늦어지는 손님 새들
지저귀는 노랫소리
궁금하고 마냥 기다려지는

푸른 하늘 흰 구름 아래
물오른 나무들 발돋움하는 숲
간질이는 바람에 부끄럼 타며
향기 흩날리는 꽃
덩굴장미 아카시아 이팝나무 산딸나무 찔레…
초록 잎새 사이 사랑 가득 짝짓기하는 새
계절의 여왕 눈이 부신
아름다운 모습으로 오시는 오월

그림처럼 예쁜 물안개 머무는 언덕
수양버들 긴 머리 빗어 수려한 웨이브 만들고
청보리 풀 내음 가득 싣고 오는 바람 속

날렵한 종달새 솟구치는 높푸른 먼 하늘

떠가는 조각구름 따라가는 마음

그대 향하는 맑고 순수한 그리움

짙어 가는 계절의 여왕 오시는 오월.

달빛 아카시아

살갑게 이는 바람에 풀 내음 가득
머금은 봄밤 산 그림자 어둠 사이
떠오른 은은한 달빛 아래
보일 듯 말 듯 수줍은 듯
달빛 닮은 탐스러운 꽃송이들

누군가의 체취 닮은 상큼한 그대 향기
불현듯 떠올라 그리운 마음 창문 여니
제 먼저 알고 훈훈한 바람결에
알싸한 향기 실어 보내옵니다

나누어 드릴 수 있는 만큼
넉넉히 보내 드린다는 듯
코끝 가득 그대 손길처럼 전해지는
상큼하고 은은한 달빛과 함께
부드럽게 휘감기는 향기

아카시아 달콤한 유혹의 향기에 취한
마냥 설레는 터질 듯 부푸는 가슴
멀리 떠나간 오랫동안 잊고 지낸
옛사랑이라도 다시 찾아야 할 것만 같은
다정다감한 잠 못 이루는 삼경

고요한 달빛 아래 모두 잠든 좋은 꿈

꾸고 싶은 깊어만 가는 아카시아

꽃 활짝 핀 사랑스러운 봄밤.

수다

휴대폰을 꾹꾹 누르고 오른손
집게손가락 하나 펼쳐 들고 차 마시고
한바탕 수다 떨 사람 여기 붙어라 전한다

같이 놀고 싶어도 손가락이 짧아서
다 붙잡지 못하던 친구 풍년 인생 봄날
아름다운 꿈들 어느덧 멀어지고
붙잡아 줄 반가운 손 귀한 상상하지도
못한 빈 손가락 이런 날이 가까이 있음을
모르고 살아간다

비 내린 후 구름 틈새
부챗살같이 내린 햇살
창 아래 고목이 된 나무 꼭지
연두색 새 이파리 한 잎 반짝이며
바람에 펄럭이는 모습 앉으려 힘겹게
날갯짓하는 한 마리 초록 나빌레라

여기 빈 손가락에 앉으렴
가는 봄 꼭 붙잡아 두고
작은 풀밭마다 알록달록 가득 핀
마음 여린 겸손한 작은 풀꽃들

넉넉한 향기 나누며 마음 전하는
수다라도 함께 떨어 보자.

우수

헛기침 한 번에 돌아앉아 말없이 침잠하던 산이
품 떠난 채 얼어붙어 오지도 가지도 못하던
강물의 마음 풀어지는 소리 눈치껏 알아차리고
슬며시 열없다는 듯 말을 걸어 온다
우리 다 풀고 다시 시작하자

땅속 꼭꼭 숨어 움츠리고 자고 있던 풀뿌리들
깊은 잠 깨어나 기지개 켜며 주고받는
희망 어린 속삭임 마중하는 봄이 동구 밖까지 왔대
싱그럽고 상큼하게 단장하고 나갈 준비 서두르자

마른풀 가시덤불 새
소리 없이 숨죽여 살던 텃새들 풀뿌리들 속삭임
알아듣고 남쪽에서 돌아올 친구들 맞이하고
노래할 준비 서두르자 지저귀는

북쪽에서 달려온 칼바람 거친 숨결에 놀라
낙엽 따라 가 버린 사랑 원망하며 질투에
눈먼 비틀어지고 뒤틀린 감정 바로잡아
제자리 돌려놓아야 봄 오는 소리 들리고
새롭게 오시는 화사하고 고운 임 반갑게
맞이하고 다시 사랑할 수 있겠지.

비

안 보면 보고 싶다고
제발 만나 줘 빌며 애원하고

매일 보면 그만 보고 싶다며
매몰차게 돌아서며 헤어지자 하는

못 보면 죽을 듯이 그립다고 하며
간 쓸개 다 줄 듯 매달리고

실컷 보여 주면 지겨워 죽겠다며
어서 가고 그만 보자 소금 뿌리는

보고 싶음도 보기 싫음도 그리움과 미움도
오고 가는 그 속에 함께 있었네

봄 뻐꾸기 뻐꾹뻐꾹 저 왔어요
인사하듯 한차례 소리하고 여독 푸는지
소리 없이 비만 내리는 날.

터널

길손도 나귀도 힘겨워 쉬어 넘던
숱한 사연의 높고 낮은 고갯길들

반갑던 주막집도 육덕스러운 주모도
방울 소리 울리던 나귀도 사라진 자리

저만치 아래 뻥 뚫어진 구멍 속으로
날렵한 차들이 빨려 들어간다

어둠 속 멀리 보이는 빛의 출구 앞에
주모보다 더 아름답게 단장한 봉우리들이
어서 오라는 듯 마중하듯이 성큼 다가온다

여기저기 팍팍해진 살림살이처럼
고개마다 새롭게 뚫어진 터널들

삶은 여러 어두운 터널을 통과하면서
멀리 희망을 찾아 사는 것이니
고난의 끝 희망을 보고 힘내서 살라는 듯.

풍경

비 피하고 싶어

처마 아래 찾아들어

그림으로 머물며

한 점 바람 기다리는

하늘 사는 물고기

그림 속 지내다가

바람 일면 그리운 그대 왔는가

한마디 화답하고

그림 밖 튀어나오는

푸른 옷 겹쳐 입고

천 년을 맑게 사는 풍경.

입방아

참새가 방앗간
그냥 지나지 못하듯
가벼운 입 쓰잘데기없는
입방아 참지 못하고
수정도 삭제도 없는
거친 방아를 찧고 다른 사람의 삶
겨우 지탱하는 자신의 삶까지
한바탕 흔든다

입방아에 찧어진
입방아를 놀린
두 마음은 언제까지 아플까

시골 마을 방앗간마다 있던
우리 밀 제분하던
하얀 밀가루 뒤집어쓴
방앗간의 제분기
자취 없이 사라졌듯
사라져야 할 입방아이려니.

꼬리 이야기

토생원만 꺼냈다 넣었다 하는 줄
알았는데 별주부만 간 빼 가는 줄 여겼는데
무엇인가를 얻으려
간 쓸개를 다 빼 주는 사람
간 쓸개를 다 받는 줄도
모르는 채 덥석 받아 든 사람

토생원 별주부 누가 더 어리석다고
말하고 누구를 탓할까
꼬리 있는 토끼 꼬리 없는 자라
누구 간이 더 오그라들었을까

어느 날 간 쓸개가 두 개씩이나
있는 날이 있다가는
정신을 차려 보니 준 것 다시 가져가고
있던 것도 빼 가서 하나씩도 없구나

퇴화한 꼬리의 흔적 생기다 만
꼬리뼈만 남았다고 배웠는데
훨씬 진화한 꼬리를 몇 개씩이나
치마 속에 감춘 색다른 인류의 존재를
꼬리 달린 인류를 간 쓸개

모두 빼앗기고 뒤늦게 배운다

날개 달린 천사보다 꼬리 달린 여우를 더
좋아하는 속물들은 간 쓸개가 이렇게 사라진다.

나이

아쉬움 많은
십이월의 끝자락
투정 부리는 아이처럼
먹기 싫어 안 먹을래
떼를 쓴다

대부분 먹기 싫어하는
안 먹었음 좋겠다고 하는
먹지 말라고
먹기 싫음 말어 치워 버리면
또 여간 섭섭한 그렇다고
참말로 안 먹으면
못 먹은 사람은
별똥별 되어 스러지는 이것

떼쓰고 싶다고 억지
어리광 부리는데도
다 받아 주고
하나 먹을 수 있음을
무한 감사드려야 하는 것.

꽃과 말뚝

색시가 이쁘면 처가의
말뚝도 예뻐 보인다고 하지요
절까지 한다던데요

꽃들이 예쁘게 보이면
꽃동네 초록 잎만 보여도
절이라도 하고 싶을까요

예뻐 절을 하고 다니면
화낼 일 미워할 일
급할 일 싸울 일 없을 거여요

수많은 꽃이 젊은 날 색시처럼
그보다 더 예쁜 것을요

사랑과 평화 그리고 행복도
가까이 있지 않은가요.

화양연화

마음이 시킨다
따르면 될까 망설이던 몸이
생각이 다른지 안 한다고 한다
부질없는 미련과 이어지는 갈등

몸은 가려는데 마음은 자꾸 머무르라 한다
이성은 멈추라는데 감성은 계속하란다

감성은 사랑의 세레나데 은은하게 들리는
터질 듯 부푼 봄밤 보름달처럼
노랗게 웃는 아름다운 여인인데
이성은 깨어진 반 조각 겨울 낮달
잎 떨어진 높은 가죽나무 꼭대기 외로운
서리 까마귀 울음 속 하얗게 놀란
숨고 싶은 여인이어라

지나온 사랑 떠나간 사람 기다리며
다시 오지 않을 화양연화 꿈꾸는
끝 모를 그리움 속 찬란한 슬픔 머금은 채
깊어만 가는 세월 다른 얼굴 모습으로
새롭게 분장한 화양연화일지도 모를
다시 맞이하는 회색의 겨울.

도라지꽃

찬 바람 아래 드러난 목
아침 차가운 공기에 껄끄럽다
단단하게 마른 매끈한 도라지 뿌리
한 움큼을 우려내면서
뽀얗게 수증기 흩어지는 허공

햇볕 가득 비탈진 여름 산자락
수놓은 듯 흰 도라지꽃 물결
멀리 뻐꾸기 소리 들리는 멋진 날
자주색 도라지꽃들과 하얀 나비들의
한마디 말도 필요 없는 꽃 나비들의
사랑하는 모습을 본다

푸른 하늘 흰 구름 한가한 날
여러 산새 소리 어우러지는 산속
고개 넘어온 시원한 바람 자락
깊은 산속 바지런한 종지기 되어
긴 꽃대 끝 빼곡히 무리 지어
알싸한 향기 머금은 풍선 꽃봉오리
순서 없이 연이어 터뜨리면

사랑하는 모든 것들을 위한

맑고 청아한 하얀 종소리 자주색 종소리
여기저기 산속 가득 울릴 것 같은
종 닮은 도라지꽃들의 아름다운 흔들림

추운 겨울에 마음으로 보며 듣고 맛보고
꿈꾸어 보는 여름날 예쁜 심심산천
도라지꽃들이 마냥 상큼하고 따끈하다.

새 옷을 사면서

오랜만에 새 날개를
찾아서 달고 날아 보려 한다

낡고 닳아서 짧아진 깃털을
뽑아내고 풍성한 새 깃털을 단다

날아서 가야 할 곳도
나는 법도 잊은 줄 알았는데

헛간 둥우리에서 마당으로 날아
오르내리는 닭의 날갯짓 아닌

찬 바람 이는 높푸른 하늘가
멀리 나는 기러기를 보며

새 옷으로 날개를 달고
멀리 높이 나는 꿈을 꾼다.

귀 기울여 봐

들리는지 마음의 소리에 귀 기울여 봐

슬며시 돌아오는 생각 젊은 날엔 떠나고 싶었던 곳

늙어서는 돌아가고 싶은 곳 고향 집이라는 곳

영원할 것 같던 사랑도 떠나고 싶었던 사랑도

서약 덧없이 깨져 버려 떠나와 버린 사랑도

세월이 지나면 고향 집처럼 돌아가고 싶을지도 몰라

갈 수 없는 고향 사라진 고향이 아니라면

귀향 환영하는 노란 손수건

바람 부는 날 물결치듯 매달려 나부끼는

동구 밖 고목이 된 당산나무를 보는

꿈을 품을 수도 있겠지

돌아갈 수 있는 사랑의 흔적이라도

남아 있다면 다시 하고 싶은 사랑의 희망도

지친 삶 속에서 도움이 될지도 모르는데

사라지는 고향

갈 수 없는 고향이 많아져서 아픈 것처럼

사랑했던 흔적마저 남기지 않으려 하는

메마른 마음들이 오염되는 공기처럼

숨 막히게 하는 세상이지만

잠 못 이루는 밤이면
가만히 귀 기울여 들어 봐 마음의 소리를.

아지랑이

봄볕이 지핀 그을음 연기 없는
춤사위 작은 투명 불꽃
소리 없이 살랑이는 바람 따라
아른아른 춤추듯 들불 타오르는 봄날

누군가 사랑이 별거더냐
마음 가는 곳이 사랑이지
지워진 사랑이라는 이름 그리움으로 바뀌어
아지랑이 오르는 봄 들녘 불꽃처럼 가슴
가득 일어나 그대에게 우르르 떼 몰려간다

꽃을 꽃이라 부르면 반가이 대답할까
산을 찾아 오르면 좋고 싫음 표현할까
꽃은 꽃 자리 아름다운 채로 있고
산은 한결같이 머물러 있는데
마음 제멋대로 무시로 향하니까 사랑이지
별거 아닌 거 같은

비탈진 산기슭 양지쪽 봄 햇살
한가로이 뒹구는 투명 불꽃 타오르는 날
초록 잎 하늘거리는 물결 위 감자꽃 하얗게
웃음 지을 때 사랑 준비하던 노랑나비들

산기슭 긴 감자밭 빈 이랑 가득 뿌려지는
고요한 달빛 아래 두견이 울음 애타게
기다리며 흰 꽃잎 멍들도록 울음 짓다
소쩍새 찾아 떠난 하얀 감자꽃들 사라진 자리
무심히 시리도록 푸르른 봄풀들만 무성하다.

경칩에

살아 있는 모든 것들은 보이지 않는 아픔이
저마다 있다고 한다 아프지 않으면
삶이 아니라고 쉽게 말들 하고는 한다

얼어붙은 땅속 수많은 생명들이
터질 것같이 한껏 부풀어 올라
나대지 마 심장아 달래던 화려한 날들을
기억 속에 묻고 아프고 힘든 죽을 것 같은
겨울을 숨죽이고 지나오면서

수선화 노란 꽃송이에 눈웃음 지으며
자신을 스스로 존중하는 날이고
산당화 매혹적인 붉은 꽃잎에 사랑스럽게
입술 비벼 보며 살아 있음에 경건해지는
살아온 날들을 책임지며 숙연해하는 날이다

깊고 깊은 겨울잠에서 깨어나는 일은
눈 녹은 산골 시냇물 돌부리 돌돌 구르는
피아노 맑은 음향 봄의 왈츠를 다시 들으며
아프고 무겁게 헝클어진 마음을 맑고 영롱한
이슬방울로 천천히 정성스럽게 아프지 않도록
닦아 내는 일이다.

봄빛

어느 해인가 소슬한 가을바람 낮고 호젓한
휘파람 소리처럼 쓸쓸하게 이어지던 날
보내는 섭섭한 마음 헤아려 만날 날 기약하며
미련 남기고 아쉬움 속 떠나는 철새 날갯짓 따라

한마디 말도 마지막 이별의 몸짓도 없이
어둠 속 그림자 사라지듯 흔적 없이
곁을 떠나 버린 반쪽이라 여기던 마음 한쪽

죽은 것들을 잔인하게 되살려 놓고 있는 봄
온전한 마음 나뉘어져 닫힌 채 제대로
보이지 않던 일상들이 가만히 창 두드리는
봄비에 열려 제자리로 돌아갈 수 있을까

봄날 다시 오는 휘파람새
밝고 맑은 노랫소리 함께
아무 소리 없이 반쪽 그 모습으로 연둣빛
바람에 머리 빗으며 한숨 쉬고 온다는 듯
겸연쩍은 미소 띠고 살갑게 돌아오려나

돌아올 기미 없는 떠나간 마음
미워하는 마음조차 갖지 못하는 남겨진

반 조각 아물지 않은 상처 얼룩진 마음에
덧칠해지는 그리움 푸르도록 깊고 시린 빛

되살아난 죽음들 열광하는 환희의 몸짓처럼
조막손 내미는 새 생명의 잎새들 희망 가득 품은
수려한 봄빛만 온 누리 가득 무심히 짙어 간다.

별꽃

총총 하늘엔 수많은 잔별
햇살 지나는 땅마다 별꽃

하늘 가득 총총히 반짝여도
잊고 보지 못하고 사는 별들

봄날 이곳저곳 지천으로
피어나도 보지 못하는 별꽃

아는 만큼 보이는 것이라 했지
네 이름 알고 만나기까지 수십 년

하얗게 핀 참깨 알 같은 별 닮은 별꽃
잡초려니만 여기던 풀 이름 별꽃

살면서 무심히 지나치는 삶의 과정
소소한 일상 깨알 같은 작은 행복들

너무 늦지 않게 찾아 누리라는
작지만 예쁜 별꽃들 속삭이는 말.

능소화 기다림

고색창연 인적 드문 옛집
불 꺼진 이끼 낀 외로운 석등

새소리 웃음소리 편만하게 들리던
풀꽃 새소리만 남은 고즈넉한 마당

능소화 더불어 고택 지킴이
고목 은행나무 푸르른 날

임 떠난 사랑 받지 못한 은행나무
제 홀로 잎 내고 능소화 세워 올려

초록 잎 사이 석등 불 켜지듯
환한 붉은 꽃 피우고

기와 용마루 돌담 넘어 동구 밖
하염없이 바라보며 떠나간 임

이제나저제나 돌아올까 기다리는
그리움 또 저무는 하루.

청명

볼 수 없는 닫혀 있는 마음 창 두드림 소리
온화한 햇살 섬세한 선율 섞어 감성의 창
잔잔하게 두드리는 날 열릴 듯 말 듯 조금
열린 틈으로 무엇이 보이는가

거꾸로 걸린 채 그리워하다 시들어
남은 향기도 희미한 마른 꽃묶음이려나
화려한 날들 그림자 선명한 사진 속
웃음 낭만 사랑 정열이려나

마른 꽃 그림자로 남은 화려했던 날
걸어 두고 남아 있는 삶 다시 준비하고
시작해야 하는 청명 무렵
어떤 준비로 시작을 열까
삶이 이어지는 한 해야 하는
모두 주어지는 성스러운 과제

지난해 무너지고 방천 난 논밭 두렁
땀 흘리며 가래로 다시 만들 듯
상처 입은 마음도 손질하고 어루만져
부지깽이 꽂아도 새싹 돋아 뿌리 내려 사는
사월의 품 안 들어선 선명한 새 생명들의 봄

희망 담아 사랑 정열 웃음 되찾는 힘찬 시작

청명 날.

2부

다정히 마주하고 싶은 고향

밤 뻐꾸기 울던 날

밤 뻐꾸기 소리 두 번 울면
뒷동산 그곳에서 만나자는 약속
두 손 모으고 입 오므려 불어 내는
손 뻐꾸기 소리 감쪽같았지

늦은 저녁 콩닥거리는 가슴
순이는 안방 쪽 살피며
고양이 걸음 사립문 소리 없이 열고 나섰어

차와 감미로운 음악 없이도
환상적 분위기 사랑 넘치던
풀 냄새 꽃향기 훈훈한 바람결
청보리 구워 먹던 늦은 봄의
보름달은 밝기도 했어

소쩍새도 아니고
무슨 뻐꾸기가 밤마다 울어 대냐
어머니 말씀 가슴 졸이던
달빛 속 예쁜 봉오리로 맺힌 채
햇볕 아래 꽃송이로 피우지 못한
풋풋한 첫사랑 이야기들

먼 옛날 추억 속 선명한 구전 설화로 남은

산골 소녀 더벅머리 사내들의

순수한 사랑 이야기들 펼쳐지는

마을마다 사람 사는 생기 넘쳤지.

택호 이야기

시집간 처자들 아들딸 놓고
지지고 볶고 살아도
부모 형제 동무들 죄 잊지는
말라고 이름보다 익숙한 친정
동네 이름 불러 주던 다감한 택호

거런서니 용소멀 한사울 솔티
발단이 마동리 도장골 생기멀…

들으면 아 그 집
줄줄이 누에고치 실 풀 듯
떠오르는 이웃사촌들
고부간 친정 같은 동네
쌍팔봉댁

생기멀 양반은 술고래면서
쟁기질은 기가 막히었는데
마다리 양반은 근동 제일가는
왼손 장구잽이였지
기산댁은 기산 양반 춤 잘 추는
멋쟁이에 바람기 많아서
속 많이 끓였어

소꿉친구 신랑 각시 실현된
연애 박사 본촌댁 본촌 양반
감쪽같았다던 첫사랑 이야기

웃거티 아랫거티 구석뜸
바가지로 퍼내도 마르지 않던
만경강 합류하는 우물가 모여 웃고
떠들다 시집간 말만 한 처자들
어디서든 고향 잊지 않고
둔지메댁 되어 지지고 볶고
행복하게 살겠지라.

박꽃

제비 물어 온 박씨 묻고
지붕 언저리 장대 기대 두면

노란 초가지붕 가득
박넝쿨 초록 잎 하얀 박꽃
초가집 둥근 옥상 정원
예쁘기도 했지

별 내려와 속삭이고 달 항아님
보살핌 아래 새벽이슬 머금는
지붕 위 별님 달님의 꽃밭

하얀 기다림 박꽃 피고
보름달 닮은 배불뚝이 되어 가며
노랗게 익는 빛나던 여러 덩이 달

흰 박속같이 뽀얗고
다소곳한 박꽃처럼 수줍음 많던
초가지붕 아래 소꿉동무 숙이
어느 하늘 아래 착한 흥부 만나
단단한 박처럼 여물어 가겠지.

뚱내미 회상

앞뒤꼭지 삼천 리 뺑 돌아갔다 구천 리
앞뒤꼭지 뚱내미 까까머리 어린 짱구
뒤꼭지 한 볼탱이 더 붙은 전라도 뚱내미를 장난감처럼
귀엽게 놀리며 기꺼이 놀아 주던 칠팔 살 차이 진
빈 등잔 채우던 석유병에 오줌 채워 놓던
말썽꾸러기 사랑방 꾼 성님들

터울 많이 진 곱다란 개띠 누이 둔 덤으로 친구처럼 된
정려각 있는 정문거리 아래거티 개띠 성님들
해방의 기쁨으로 선물처럼 쏟아졌다는 일백여 호
시골 마을에 동갑내기 서른다섯 출생의 전설 같은 실화가
옛날 산토끼 발맞추던 둔지메에 있었다네

그 많던 동갑네들 누군가는 하늘에서 누구는 세상에서
눈시울 적시면서 아련하기만 한 옛이야기들을 네가
옳았거니 내가 옳거니 시끌벅적 모여 놀던
동네 사랑방에서처럼 주고받겠지

그리운 이들 구수한 입담 단단하고 신산한 삶의 이야기들
빈티지가 되어 만나는 기억되고 남겨져야 할 소중한
자잘하고 수많은 고향 이야기들
눈 소담하게 쏟아지는 겨울날 시간의 감사함

세월의 흐름을 돌아보는 눈 속에 묻힌

마성산 자락 둔지메와 별 이야기 들려주던

이제는 별이 된 누이를 추억하는 회상의 시간.

앞 도랑

쏟아지는 빗줄기에 황토물 힘차게 휩쓸고

지난 뒤 맑아지고 물 넉넉해진 앞 도랑

아래거티 같이 살며 붙어 다니던 한 살

온전히 더 많은 흙바닥 교실 코흘리개 짝꿍

우리 아버지하고 이름이 똑같아 이름 부르기

퍽 어설퍼했던 물손 걸쭉한 영근이 야가

오전 수업 마친 초여름 오후

고기 잡으러 가자 부른다

허벅지까지 걷어 올린 해진 바지

낡은 고무신은 내게 던진다

허리 굽혀 두 손 수초 속에 넣으면

이내 도랑 두둑으로 던져지는 팔딱거리던

씨알 괜찮은 붕어들 풀대 뽑아 꿰지 만들고

붕어 아가미 꿰어 고무신 함께 들고

바지런히 도랑 두둑 따라간다

꿰지 바꾸어 또 만들고

묵직해진 두 손 가득 들고 따라가는 나

옷이며 얼굴 온몸 흙구뎅이다

해 기우는 한나절 청너머 개울물

앞 도랑과 합쳐지는 두물머리

배메산 밑 부처 울까지 갔다가

송사리 낚아채 무는 물총새 바라보며

철부지 악동들 되짚어 돌아와 언제나 물
철철 넘치던 아래거티 바가지 샘에서
붕어 배를 야물게 딴다
유난히 눈에 띄던 부레들 다 뽑아내고
제법 씻어진 붕어 다시 꿰어 묵직하게 들고
의기양양 집으로 들어가는 영근이
흙구뎅이 된 빈손의 나는
옷 꼴이 뭐냐고 혼구녕만 난다
그래도 나보다 더 많이 배고파했던 내 짝꿍
지금은 떠나가 버린 영근이 두어 번 머언
훗날 이야깃거리 있는 고기를 잡았었다.

어머니의 여름

여름 알리던 매미들의 우렁찬 합창
전봇대도 없이 부채에 의지하던
무더위 이어지는 날

쪽 진 머리 무명 수건
작열하는 태양 빛 가리고
어머니의 땀 눈물 호미 날로 치르던
여름날 황토 이랑 대회전

개망초 너도 한가락 하는 쌈꾼이었지
인해전술처럼 뽑고 뽑아도 꿋꿋하던
둑새풀 망초 바랭이 쇠비름…

어머니는 승리의 여신 니케의 화신이었어
소쩍새 밤새 울음 속 어머니의 기도
땀 눈물로 길러진 것이 자식뿐이랴

여름이면 기념하듯 어머니 무덤 앞에
미워하던 사이였지만 훌륭하셨다고
풀들 보내는 경외의 풀꽃 다발 이어집니다.

다듬잇돌과 방망이

맞아서 즐겁고 두드려서
흥이 나는 타악기의 멋스러움

두드려 줄 사람 다 떠나보내고
소리를 내지 못하는 오래전
주인 잃은 다듬잇돌과 방망이 네 짝
구석 장식물 되어 먼지 속
깊이 잠든 별빛 가깝고
달빛 교교한 말복 늦여름 밤

무더운 여름 모두 풀 죽어
흐물거릴 때 낭랑한 방망이 소리 따라
까슬까슬 살아나던 모시 삼베의 꼿꼿한 자존심
꼬깃꼬깃 구겨져 내팽개쳐진
거의 벗은 여름이 볼썽사납다

등불 끈 순수 달빛 아래
미움 있으면 같이 두드리며 풀고
미운 정 고운 정 고루 얼크러진 채
고부간의 낭랑하던 다듬이질 소리

버릴 수 없는 자존심

꼿꼿하던 빈티지 문화유산이 된
풀 먹인 여름이 그립지 아니한가.

콩나물 동이

섣달그믐 가까운 길고 긴 밤 뒤척이다
설풋 든 잠이 옛날 옛적 어린 시절
고향 꿈으로 이어진다

햇살 아래 꼬투리 속 꽁꽁 숨어
튼실하게 여문 콩들이 어머니 손을 거쳐
콩나물 동이 속에 모였다
보자기를 둘러씌운 어둠과 매일 수시로
내리는 비 어둠을 벗으려 빗속을 벗어나려
발돋움하고 키돋움하고

가르쟁이 벌린 쳇다리 위 쪼그려 앉은
콩나물 동이 검은 보자기를 둘러쓴
부끄럼 많은 콩들은 무시로 내리는 비 맞고
오줌을 눌 때마다 키를 키운다

보름달 닮은 둥근 초가지붕
살찐 쥐들 달음질치던 천장 아래
흑백사진 액자와 남루한 옷가지 걸린 횟대
그을음 진한 등잔대와 등잔
오줌 누는 콩나물 동이 함께
구석에 밀쳐 둔 사기요강 단지

매서운 찬 바람 끝 문풍지 우는 소리 들리면

땅속 겨울잠 자는 개구리는 올챙이 적

꿈을 꾸며 더 깊은 잠에 빠져든다.

어떤 전람회

앙상한 겨울날
초록 작은 이파리 가득
하늘 향해 흔들며 반짝이던
큰 키 미루나무가 보고 싶다

솜사탕 같던 흰 구름 한 덩이
꼭대기에 붙잡아 두고
바람아 잠시만 부탁해
작은 소리로 수선거리던
가시 탱자나무 울 사이
외롭지 않던 두 그루 미루나무

높은 가지 사이 덩실한 까치집 한 채
햇살 아래 미루나무
살랑이는 바람에 반짝이는
맑은 잎새 소리
꼭대기 머무는 흰 구름
까치 소리 같이하던
한 폭의 아름다운 그림

때 묻지 않았던 순수한
관람객 대청마루 앉아

그리움 담은 손 편지 쓰던
손 멈추고 한가롭게 바라보며
아름답다고 느끼던 오래된
전람회가 다시 보고 싶어라.

뒷동산

날 좀 보소 날 좀 보소
동지선달 꽃 본 듯이 날 좀 보소

바람에 흔들리는 이름 모를 풀꽃들의
소리 없는 아우성 말없이 표현하는 수많은 나
광대나물 괭이밥 민들레 뱀딸기 별꽃 애기똥풀
엉겅퀴 자운영 제비꽃 질경이 토끼풀 할미꽃…

뒷동산 활짝 핀 이름 모르는 수많은 야생화
바람 연출하는 흥겨운 흔들림
날 좀 보소 수줍은 듯 부르는 작은 몸짓
야생화 은은하고 알싸한 향기에
무리 지어 찾아오는 벌 나비들

마성산 끝자락 해묵은 오랜 무덤들
오백 년 같이 늙어 온 소나무 숲 흔들어
송홧가루 머금은 바람결에
춤추듯 움직이는 단아한 풀꽃들

마음으로 전해지는 흥겨운 노랫가락
높은 하늘 비어 있는 공간 가득 어우러지던
멧비둘기 딱따구리 박새 뻐꾸기 산꿩 오목눈이

종다리 찌르레기 참새 휘파람새…
산새들 지저귀는 노랫소리

눈 감으면 가슴 설레고 심장 가득 살아
뛰어다니는 싱싱한 행복에 마음 풀어헤치고
천천히 깊은 숨 쉬던 봄 오면 되돌아가고 싶은
고향 뒷동산 풀꽃들이 손짓하며
날 좀 보소 부른다.

빈티지 내 고향

무논배미 물꼬 패인 물웅덩이마다 튀어 오르던
송사리 새우 피라미들 얼레미 한 번 쑤욱 넣어 훑으면
실하게 한 종발은 더 될 은비늘 반짝이며 팔딱거리던
얼레미 속 요란스럽고 분주한 싱싱한 물고기들

모심기 전 물 가득 가둔 논배미
봄내 느릿느릿 쟁기 끌며 지친 누렁이 암소
초경 뜨고 재경 풀기 전 발 빠지는 부드러운 논바닥
걷어 올린 헐렁한 바짓가랑이 물에 젖을락 말락
첨벙거리며 우렁이 숨어든 희미한 구멍 자국
두 손가락 찔러 넣어 잡아 올리던 통통한 우렁이

천방지축 까까머리도 수줍음 타던 단발머리도
모두 약속이나 한 듯 삐쩍 마르고 허름한 입성도
고만고만 또랑또랑 눈빛만 형형했던 동무들
어린아이 그림처럼 제멋대로 타원형 이룬 논마다
물꼬 콸콸 쏟아지던 작은 폭포들 기억할까

왁자지껄 소란스럽던 또래 동무들 노는 소리
까르르 웃음 굴리며 내달리던 구불구불 논두렁
꼬르륵 배고픈 입안 가득 뽑아 먹던 삐비 풀
달큰한 맛 잊었을까

물오른 갯버들 가지 꺾어 비틀어 만든 높은음 버들피리

버들잎 한 잎 물고 솜씨 있게 불던 풀잎피리

흰머리 덮여 있는 귓가에 그 음색 여즉 머물러 있을까

곧 영원히 사라져 갈 우리네 고향의

정겨운 옛 삶의 모습들 아련한 빈티지 풍경화

얼마나 남아 있고 간직할 수 있을까.

둔지메 모내기

호루루 못줄 띄우는 호루라기
못자리 쪄낸 지게 위 바작 가득 실린
모춤 던지는 논바닥 첨벙첨벙 물소리
바쁘게 남은 모 심고 거머리 떼어 낼
틈 없이 뒷걸음치는 모내기 일꾼들
허리 펼 새 없이 무논 초록으로 변해 갔지

청너머 냇가 물푸레나무 그늘
사오십 명 함께한 막걸리 곁들인 들밥
꿀맛이었어 농번기 방학 조무래기
모쟁이들 모두 배부르던 못밥

하지 전후 삼 일 모 심는 최적기
애타게 비 기다리는 하늘바라기
망골 천수답 내다보는 가슴
새카맣게 타들어 갔지

두 벌 갈이 쟁기 대신
써레 붙인 암소 이랑 풀어 헤치며
멍에 자리 땀 흠뻑 젖도록
이랴 조 조 조
코뚜레 줄 흔드는 소리 따라

고루 써레 끌었지

따가운 유월 햇볕 바람 오가는 들녘
덩달아 바쁜 제비들 날렵한 날갯짓
온 동네 동원되어 모내기하며
북적거리던 청너머 들

올망졸망 논두렁 둘러 있던 이름 예쁜
가재골 망골 시어멀 외얏들 청너머 텃들…

천수백 년 전 백제 장수들 말 달리던
배미산 산성 아래 들판 북적이던 사람들
흰 눈썹 몇 올 자라는 희미한 눈앞
그림같이 펼쳐지는 선명하고 그리운
고향의 시간들.

풍속화 고향

들판 풀 자라기 전 이른 봄
시퍼런 작두날 지나온 여물
풀무 바람에 춤추듯 파르스름한 왕겨 불꽃
아궁이 불목 가득 넘기며 통나무 구수
채워질 김 오르는 쇠죽 익는 구수한 냄새에
맑은 워낭 소리 울리며 왕방울 눈
껌벅이던 외양간 누렁이

연둣빛 연한 찔레 순 잘라 먹던
순백의 옥 같던 찔레꽃 눈부신 하얀 잎
연분홍 옷 갈아입는 꽃잎 지기 전 뒷산
골짜기 뻐꾸기 짝짓는 울음 한가롭게 들려오고

고요한 적막 깨뜨리는 지푸라기 둥지 내려온
알 낳은 암탉 유세 떠는 소란한 울음
꼬꼬댁 꼬꼬 꼬꼬댁 꼬꼬고…

엄마 알 낳았어요 자랑스럽게 달려가던 동심들
손안 가득 따뜻한 갓 낳은 달걀
가난했지만 평화와 소소한 행복
마당마다 지천으로 굴러다니던 고향

병풍에 그려진 닭이 병아리 떼 몰고
마당 가득 달음질칠 것 같은
마음속 추억의 장면으로 남은
우리들의 그리운 고향 풍속화 한 점.

탱자나무꽃

탱자꽃 하얗게 환한 꽃 울타리 속
들어앉은 사방 탱자나무 울 두른 초가집

농한기 겨울날 가마니 깔며 머리 자르듯
예쁘게 가꾸던 젊은 날의 그리운 아버지
환한 웃음 닮은 탱자꽃 활짝 피었어요

문화와 예술을 사랑하시는
봉동 면민 여러분 쉰 이동 마이크 소리
여러 동네 고샅마다 울리고
바람 따뜻한 별 초롱초롱한 어두운 밤
넓은 마당 한쪽 흑백 영화 스크린에
탱자꽃 핀 울안 멍석자리 가득한 여러 동네
사람들 웃고 울고 박수 소리 요란했지요

조무래기 반 친구들 공짜로 영화 보려
학교 파한 이른 낮부터 몰려와 방 안 숨어
놀다가 신기하게 움직이며 말하는
낡은 흑백 영화 화면에 빠져들었지요

삶의 실제 이야기들 훗날 문화라는 것
모르며 문화와 예술을 사랑하시던

봉동 면민 여러분이었던 우리들이 지나온
저만치 손안에 잡힐 듯 가까운 듯하면서도
가물가물 멀어진 추억 속 탱자꽃 아기자기
예쁜 봄날이에요.

동짓달

동짓달 긴긴밤 해거름 녘
초저녁 푸성귀로 채운 저녁밥
밤은 깊어지며 배고프다
여기저기 꼬르륵 소리 날 때
누나는 깊어진 밤 추운 부엌문을 열었지

이때를 위해 조금 남겨 둔
식은 밥 덩이 넣고
부엌 뒤안 지푸라기 용마루 엮어 덮고
묻어 둔 김치 항아리 눈 쌓여도 꺼내던
익은 김치 썰어 듬뿍 무쇠솥 안 넣고
두레박질 채워 둔 물동이 물 부어
아궁이 가득 부지깽이 다독이며
짚불 때서 진잎죽 끓이면
식어 가던 방구들 다시 따뜻해지고
한 그릇 먹으면 뱃속 든든하고 훈훈하며
기막히게 맛있던 진잎죽 야참

긴 밤 시간들을 나누어 사는
겨울이 지루하지 않았지
그을음 짙은 등잔대 곁
요강 단지 밀쳐 둔 방구석

시린 바람에 우는 문풍지 소리

밤새 끊이지 않던 초가지붕 아래

사람 냄새 나던 온정이 그립고

곁에 느껴지는 체온이 그립고

두툼해서 무거운 솜이불 속

머언 부엉새 울음 들리고

뿔 달린 도깨비 나다니던 깊은 밤

도란거리는 피붙이들의 이야기가 그립다.

눈꽃

사랑의 묘약 눈 맞춤으로
시작된 사랑 그 눈 맞춤 깨졌으니
눈물 하염없이 흐를밖에

만날 기약이 없는 작별을
억장이 무너진다고 하지
마음 베는 날카로운 슬픔
무디어지지 않지만 익숙해지기는 하겠지

쉽지 않은 복잡한
감정의 예술이라 하는 사랑
아름다운 명품도
짝퉁인 가짜도 섞여 있을 거야

어떤 사랑이 명품이 되고
어떤 사랑은 가품이 될까

명품이어야 할 오래 한 사랑
이별 아름다운 희소성 있는 드문
슬프고 애절한 사랑이 명품이려나
흔들리다가 곧잘 깨져 버리는
사랑은 위품이 되고

무너진 슬픔 위로 눈 내리고

슬픔 속 눈물의 눈꽃

소복 입은 아름다운 모습으로 핀다.

텃밭

다소 힘에 부치는

가을 식탁을 차린다

상추 시금치 무…

차림 준비 중인 식탁

초대하지 않은 손님들

이르게도 둘러앉아 먹어 치운다

달팽이 청벌레 여러 각설이 무리

가시라고 할까

등을 떠밀까

죽음의 비를 내릴까

아니지

옛날 배고프던 시절 밥때 찾아오던

불청객 걸인들 문 앞에 오면

그리 야박하지 않았느니

부족해도 나누어 먹었지

그냥 보낸 적 있더냐

더 추워지기 전 얼른 먹고

갈 길 서둘러 가시라고

나누어 먹고

저세상에서 받을지도 모를

공덕이나 쌓아 두자.

패랭이꽃

하늘 열리고 오래되지 않은

까마득히 먼 청동기 시대

풍요와 다산의 간절한 기원

입춘 날 벌거벗고 땅을 갈았다네

풍요의 낱알 위해 뼈 빠지게

알알이 등 터지도록 키우고

한 묶음에 대충 묶여 뒹굴던

지푸라기도 여인들처럼 뒤웅박 팔자였던 시절

작은 갓으로 엮어져 민초들 머리 위

씌워진 상팔자 지푸라기 갓 패랭이 되었다네

사람 살던 마을마다 쉽게 볼 수 있던

머리 위 패랭이 모두 어디로 사라졌을까

땅으로 내려앉아 더 사랑받는

다소곳한 수줍음 많은 꽃이 되었다네

오뉴월 쇠불알 늘어지는 따가운 햇볕 아래

실한 붉은빛 분홍빛 자주색 하얀색

예쁜 패랭이를 연초록 꽃대 위

수줍게 얹은 듯 민초들 사랑받는

소박하고 토속적인 작은 풀꽃

패랭이 쓰고 억척스레 살아 낸 사람들처럼
강인한 생명력 돌 틈에서도 기죽지 않고
예쁘게 피는 패랭이꽃 석죽화라네.

유월

사랑의 끝 지는 것일까

옹이 진 멍울처럼 맺히는 것일까

벌 나비 꽃과 진한 사랑 나누던

쾌락의 정원 봄 동산

아름답고 향기롭던 꽃 벌 나비

떠난 꽃잎 진 자리 저마다의 사연만큼

다른 모습 흔적뿐

사랑의 추억 다르고 사연 다르지만

살아 있는 것들 거기서 거기

미인 수명 짧고 붉은 꽃 십 일 어렵고

수수한 작은 꽃 열매 잘 붙이는 암팡진 모습

가지 많은 나무 바람 잘 날 없다며

무자식 상팔자라 우기는 목련

옳소 하며 맞장구치는

이팝 수수꽃다리 아카시아…

흥부네 식구들처럼 줄줄이 달린

감 배 복숭아…

반짝이는 잎 흔들며 그건 아니라는 과수댁들

사랑 진 자리 맺힌 자리

꽃다운 시절 지나 강인한 어머니 되듯
진초록 차려입은 억척스러운 잎들
키 몸집 키우는 신록의 유월

흰 구름 한 덩이 푸른 하늘 밑
초록의 궁전 유월 문 활짝 열리고
꽃 자리 대신 힘 실린 새들 노랫소리
휘파람새 여운 긴 휘파람 소리
뻐꾸기 산비둘기 딱따구리…
눈 호사 귀 조경 아름다워라.

씀바귀

여리여리한 가지 끝마다 앙증맞은
작은 꽃 매달고 걸음 멈추게 하는

어디서 본 듯 낯익은 모습인데
작고 이쁜 노랑 꽃 무슨 꽃이지

다 자란 멋쟁이 숙녀가 된 모습
낯익지만 알아보지 못해서
쟤 이름 뭐지 한참 수소문한다

달래 냉이 씀바귀 네가
종다리 노래 부르는 그 이른 봄날
태어난 봄나물 삼총사 씀바귀라고 떡잎 때부터
쌉싸름한 이름값을 똑 부러지게 했었지

어릴 때 밥상머리 교육받으며
자주 보던 이웃인데 잊고 있었구나
어쩜 이렇게 예쁘게 자랐니

바람에 하늘거리며 향기 나눔하는
씀바귀 작은 노랑 꽃들 와락 반가움에
호들갑스럽게 덕담 인사 나누게 되는

가지 끝 노란 송이 늦봄부터

여름까지 오래 머무는 익숙한 이웃

작고 예쁜 멋쟁이 야생화 씀바귀꽃.

할미꽃

흔적만 남은 아무도 찾지 않는
오래 묵은 허술한 무덤가
당랑권 사마귀 움직임 감추고
목숨 건 사랑 나누는 매미
공들여 노리는 적막한 산속

하얀 귀밑머리 살랑이는 바람에
바르르 떠는 꼬부라진 꽃대 끝
활짝 벌어지지 못한 검붉은 꽃잎
호호 노란 웃음 머금은 주름진 할매
닮은 할미꽃들 고개 숙인 채
숨죽이고 안타깝게 지켜보는
풀숲의 팽팽한 긴장 이어지는 적막

멀리서 낮닭 꼬끼오 길게 우는 소리 들리는 한낮
고개 넘지 못하고 만나지 못한
눈에 넣어도 아프지 않을 막내딸네
햇볕 뒹구는 꽃밭 아름다운 마당
누렁이 덕구 짖는 소리

깨뜨려지는 풀밭의 적막
화들짝 놀라 날아오르는 매미

헛발질하는 사마귀 보며 사랑하는
내 강아지들 무사히 잘 있었지
엉덩이 토닥이는 꿈을 꾸며
할미꽃은 그렇게 피어 있다.

인동초꽃

삼백 일을 기다려 태어나는 물들지 않은
천진난만한 반짝이는 초롱초롱한 눈망울
순수 여백의 동심처럼

춥고 긴 겨울 인내와 끈기로 살아 내고
순진무구한 하얀 여린 꽃잎 티 없이 예쁘게
핀 봄날의 인동초꽃

세상을 배우며 자연스레 욕망 깃들이고
사랑하면서 꿈 키우고 때 묻은 세상
눈망울 물들어 가며 성장하는 아이들

꽃을 피우며 화려한 꽃술 매혹적인 향기
벌 나비 불러 사랑 나누며 세상 물정 물들 듯
노랗게 욕망 깃들여 가는 금은화꽃

삶의 긴 지난한 과정 초심 잃지 않는
결 고운 성숙한 모습으로 익어 가소서
원숙한 노랑으로 아름답게
물들어 가는 금은화꽃처럼

달빛 아래 맺혔다가 이루지 못하고 떨어진

가슴 베인 눈물 속 아프고 아름다운 사랑
그리움으로 멍든 가슴들도 고난 딛고
이다음엔 꽃송이로 피우소서
겨울 지나온 인동초꽃처럼.

새 친구

같은 자리 한 걸음도 옮겨 보지 못한 채
하늘 향해 죽는 날까지 살아 내면서
몸통 나무 속 나이테에만 삶을 기록할까

낱낱의 가랑잎은 제자리를 벗어나고 싶은
몸부림으로 몸에서 떨어져 날리고
뒹구는지도 그렇게 세상과
소통하는지도 모른다
아마도 떨어져 땅으로 돌아가는 마른 잎에도
제 삶 나름의 아름다움과 슬픔
기쁨과 고통의 기억 모두 담겼으리라
무명인의 삶이 흔적을 남기지 않고 묻혀
사라지듯 가랑잎 또한 그러한 것일 뿐

산길 친구 삼은 메타세쿼이아
가슴둘레 이 미터 키는 어림 삼십 미터쯤일까
지날 때마다 안녕하며 만져 주고 인사한 지
다섯 해 저도 그동안 정이 들었는지
눈이 환해지는 노랗고 부드러운 비단길을
만들어 놓고 저만치서 마중하듯
기다리고 있었다.

땜장이

김 오르는 찻잔 감싸안고
눈웃음 짓는 얼굴 바라보며
가슴 설레는 날 다시 올까

철썩이는 파도가 춤추는 물결로 달려드는
심장 튀어나오려 나대는 날 다시 올까

맑은 하늘 뒤쫓아온 작달비 퍼붓는 날
우산 없이 홀딱 젖은 채 깔깔거리는 날 다시 올까
시시콜콜 지껄이다 삐치고 토라져
티격대는 날 다시 올 수 없을까

작은 부딪힘에도 깨질 수 있는 깨지면
더 귀하고 아쉬운 사랑 다시 할 수 있을까

문화유산 복원 전문가 찾듯
깨진 명품 사랑 복원 전문가 어디 없을까

깨진 그릇 붙여요
깨진 사랑도 감쪽같이 때워 드려요 하는.

천생연분 보리개떡

천생연분에 보리개떡이네
들어 보셨나요

예전엔 조금 촌스럽지만
어려움 이겨 내며
견고하게 사랑하는 사람들
보며 던지던 격려의 의미 담긴
예쁜 말이었어요

하늘을 나는 한 마리
새가 되어 그대 위해
별도 달도 다 따다 줄 듯
싶던 기백 넘치는
사랑 고백 어찌 잊었나요

처녀 총각 집집마다 차고 넘쳐요
하늘이 맺어 준다는
천생연분이 보리개떡을 모르니
지레 겁이 나서
뒷걸음쳤을까요

보리개떡을 나누어도

지지고 볶으며 같이 사는
천생인연 참다운 사랑꾼들
상큼한 이야기
그리운 시절이어요.

여름밤의 꿈

깊은 밤 잠결에 어렴풋이
들리는 밤새 울음소리

뻐꾸기인가 소쩍새일까
가고 오지 않던 두견이
이태 전 떠난 고향
정들었던 친구들 다정한 이웃
바람 불 때마다 손짓하며
부르던 하얀 감자꽃
못 잊어 다시 찾았으려나

별 반짝이는 여름밤 최고의 배경 음악
야상곡 다시 들을 수 있을까
반가움에 잠 털어 내며
귀 기울이는 새벽 가까운 어둠

뻐꾹뻐꾹 소쩍소쩍
너무 멀리서 들리는
작고 구별 어려운 여운만 가득한
짧은 울음 아쉬움 속 이내 끊어지고

오래전 잃은 조금씩 잊혀 가던 사랑

꿈길에서 다시 만나 화들짝 반갑던

그대 꿈 이어지기를 바라는

다시 눈을 감는 짧은 여름밤

잠 못 들고는 그리움으로 지새는.

불륜

콩 심은 데 콩 나고
팥 심은 데 팥 난다 했는데

뻐꾸기 탁란하듯
수세미 둥지 이웃 사는
오이 서방 담 넘었을까

씨 뿌린 일 없는 오이
수세미 심은 자리
귀신 곡하게 나서는

오쟁이 진 화난 수세미 서방
제 새끼 아닌
꼬마 오이 달렸다고

오이꽃 쥐도 새도 모르게
바람피웠다고 노발대발

끄덩이 휘감고 잡도리하는
우거진 풀들 구경 나선 밝은 대낮

아니 땐 굴뚝에 연기 나는

사연 모르는 불륜

천하태평 농부 수세미 오이
얽혀진들 고개만 갸우뚱.

시골 장날

해 짧은 겨울 해거름 녘
동구 밖 고샅까지 나가
이른 아침 십리 길 장에 가신 할매를
눈 빠지게 기다리던 올망졸망 손주들

할매 쪽 찐 머리에 인 묵직한 보따리 따라
집으로 들어와 등잔불 아래 풀어 헤치는 장 보따리
눈깔사탕 하나씩 물리고는 이것저것 꺼내며
흐뭇한 설명이 바쁘시다

근데 운동화는 안 샀어
야야 글쎄 어쩐다냐
불쌍하게도 운동화 장사 아저씨가
어젯밤에 되게 춰서
얼어 죽어서 못 나오고
고무신 장사 아지매만 나왔더라
담에 새로 운동화 장사 나오면 사다 줄게

그랬구먼 안되었네잉
똥그란 눈을 깜빡이며 펄럭이는 등잔 그을음
불꽃 아래 제 옷가지 새 고무신 챙기기에
바쁜 여덟 명 올망졸망 손녀 손자들

추운 겨울밤이 훈훈해지던 할머니의 시골 닷새 장날

채록되어 전해져야 할 지금은 모두

멀리 하늘에 계신 우리들의 할머니 이야기들.

업둥이 뻐꾸기

오쟁이 진 줄 모르는

모르는 것이 약인 작고 동그란

선한 눈의 뻐꾸기 아빠

붉은 오목눈이 불쌍한 것인지

안쓰러운지 헷갈리는 날

뻐꾸기 소리 없는 여름 숲속

무엇인가 부족한 대사 없는

무성 영화 활동사진 같을

불쌍하다 싶던 오쟁이 진

오목눈이 약인가 싶기도 하고

자발맞은 사람들

남들 이불 속 송사까지 죄 까발려서

업둥이네 어쩌네

굴러온 돌이 박힌 돌 밀어냈다네

어쩐다네 소문 수다 무성한 숲속

그러거나 말거나

산속 제일 업둥이 음악가

즐겁게 짝 찾는 사랑 노래

업고 놀자 업고 놀자…

먼 산골짜기마다
뻐꾸기 소리 그렇게 들리는 날.

고추장 이야기

맵고 당찬 양근 고추 주인공 되어

장독대 고추장 단지 정착하는 날

엄니는 모든 재료 계량한 후

규방에서 곱게 자란 엿기름물에

찹쌀가루 풀어 알맞게 삭힌 후

마늘 매운맛 곁들이고 달콤한 쌀엿청 넣어

한나절 내내 저으며 끓이는 고된 담금질 끝

달콤한 엿기름 찹쌀청 끓여 내서

맵고 드센 고추 신랑 맞을 음전한 신부 만들고

뒤안 양지바른 장독대 포실한 옹기 단지

신방 꾸려 진하게 달여 낸 엿기름 찹쌀청에

잘 띄운 메줏가루 풀어 자리 펴 주고

고춧가루 신랑 들여 합방시키고는

바다의 깊은 속살 천일염 간 맞추어

빨갛게 윤기 나는 금슬 좋은 찰떡궁합

매콤달콤 짭조름한 맛깔스러운

찹쌀고추장 담그는 날.

나이테

나이테 하나씩 그을수록

푸르름을 더해 가는 나무

나이 하나 더할 때마다

외로움이 짙어지는 삶

나무야 네 삶을 배우고 싶다

무엇을 고쳐 살아야 그리될 수 있니

한곳에 뿌리 깊게 내리고 입 닫으면

너처럼 나이 먹을수록 푸르러질까

비를 기다리고 바람을 맞이하고

새들을 품으면서 별을 헤면 될까

늙는다는 것 적응 어려워

섭섭하고 고집도 싫은데

주름살과 잔소리는 같은 항렬

사양하는 법도 없이 잘도 늘어난다

외롭지 않으려는 듯 한 몸통

두 기둥으로 우람하게 자란 상수리나무

아파한 옹이 많은 두터운 껍질 투박한
얼굴로 초록 웃음 크게 지으며 토닥여 준다.

게으름뱅이

한 가지 재주는 하늘에서 꼭 주신다고
들었는데 너무 꼭꼭 숨겨 놓으신 듯

게으름뱅이 천하태평 농부
밭 한 떼기 풀농사 잘 지으셨네

봄님 자상한 손길 닿아 꽃밭 되어
한 밭 가득 아롱이다롱이 풀꽃들

광대나물꽃 개불알꽃 냉이꽃 둑새풀꽃
말냉이꽃 머위꽃 별꽃 민들레꽃 제비꽃…

이름 부르거나 말거나
노점상 봄볕 아래 자리 다툼하듯
고만고만한 키에 고루 나와 앉아
형형색색 차려입고 찾아오는
벌 나비 손님 어서 오세요
부르고 있는

굼벵이 구르는 재주 부리듯
게으름뱅이 멋진 풀 꽃밭 재주 부렸네

차와 음악 게으름도 즐기는

한 편의 시 함께하는 짙은 봄날.

참나리꽃

산속 고갯마루 세워진 수호신
솟대처럼 꽃대 끝 하늘 향해 앉은
소통하던 새 모양 꽃봉오리
기도의 착함 하늘에 닿아
참나리꽃 피어 내려오고

큰 키에 붉은 정열적인
날개옷 입고 하늘 깊이 풍덩
뛰어들어 향기로 여름을 깨우는
깨알 주근깨 매력인 참나리꽃

주근깨 위 사뿐 내려앉은
검은 점 호랑나비 한 마리
연분이라더니 실바람이
끄덕이며 고개 넘는 오후

싱싱한 참나리꽃 닮았던
왼쪽 입술 위 까만 점
복점이고 매력점이라며
하얀 이 가지런하게 드러내고
활달하게 웃으며 자랑하던
이웃집 키 큰 점순이

지금은 어느 하늘 아래

점박이 호랑나비 맞아 웃으며

싱싱하게 살고 있을까.

3부

창밖에 서 있는 그리움

독주

마주 서면

아

이제는 돌아서야지 하는

생각에 돌아서도 봅니다

돌아서서

몇 걸음 되짚어 걷다 보면

다시 또 마주 서고만 싶은 여린 내 마음

망설임 가득하다가

그래도 돌아서야지

독한 마음 추스르지만

서성거리는 뒷덜미 자꾸만 당기는

당신은 누구입니까

사위어 식어 버린 불섶 헤적이다

차가운 손 빈 가슴 돌아서는데

어디서 불어온 바람

불씨 지피니

가슴 가득 피어난 불꽃

무엇을 태우렵니까

재 되어 버린 세월 되살려 기름 만들고

우리

마지막 남은 기름 부어

현란한 불꽃 일구니

혀끝 달콤한 독주에 취해

나 그리고 당신 모두 태우렵니까.

역마살

몸은 더 움직이고
마음은 그만 머물러야
할 때가 있어요

차츰 가속이 붙으며
빨라지는 시간 속 주변은
좁아지며 외로워집니다
몸은 나가라 해도 제자리 머물려 하고
철없는 마음은 가만히 좀 있어라 해도
시간도 분수도 잊은 채
멋대로 떠돌며 나다니려 하지요

비 머금은 구름 가득한 하늘
역마살 가득한 바람 따라
바쁘게 오가는 낮은 회색 구름 무리 위
철딱서니 없는 마음 실려요
언젠가 되돌아오는 여행
실컷 떠돌다 오려무나

바람기 많은 역마살 있는 마음은
반기는 이 아무도 없는 낯선 곳으로
언제 돌아올지 모르는 기약 없는 길을

떠나 여행을 나서지요

마음 지나며 정 주며 머물던 곳
따라가 보는 추억 여행은 떠나려
하지 않는 몸의 몫일 거예요

내 안에는 가장의 말도 잘 듣지 않는
마음 말… 몇몇이 모여
가끔 토닥거리며 살지요.

나비의 꿈

예쁘게 치장하고
마음 다해 정을 맞이했어요
사랑 꽃 웃음꽃 피어납니다
정은 들어오는 길만 있고
어병에 갇히는 물고기처럼
한번 들면 나가는 길은
못 찾는 줄 여겼지요

정을 마음 밭에
정성스럽게 심었어요
사랑 싹트고 자라서
형형색색의 아름다운 꽃이
이어서 피고 또 피었어요
아름다움과 진한 향기에 취해
나비처럼 춤추고 벌처럼
단 꿀을 먹으며 살았지요

태양은 봄 하늘에
북 박혀 있는 줄 알았어요

지지 않는 꽃 없다더니
사랑 꽃은 무화과가 아니었어요

진 자리에 맺혀 천천히 커 가는
그리움 미움이 뒤섞인 열매
아름다움과 향기만큼 실하게
여물어 가는 슬픔이라는 씨앗

태양은 무심히 제 갈 길 가고 있었고
단꿈에 취한 나비만 모르고 있었어요

춥고 쓸쓸한 겨울의 초입
모두를 떨구며 부는 삭풍에
꿈에서 깨어날 때까지.

홍수

목마른 강아지풀을
다정하고 자상하게
적셔 주던 착하던 비가

마중하여 반갑게 맞이하는
풀들을 매몰차게 눕히고 밟고
할퀴며 뽑고 갔어요

싣고 오가는 구름도
출발 정지를 담당한 바람도
타고 내리는 비도 모두
제정신이 아닌 날이었어요

구름 타고 여행하는 비들
각기 내려야 할 정거장을
찾지 못하고 떼거지로 내려서

강물도 미쳐서 소리 지르며
함부로 내달리는 홍수를 만나는
세상 온통 눈물바다 속
잠기는 슬픈 날이었어요.

연꽃

연잎에 또르르 구르며 모이는
빗방울 이내 쏟아져 버릴
은구슬들이 그리운 날은

잊지 못하는 누군가가
마음속에서 커져서 버거워진
그리움을 비우고 싶은 날

빗물 젖지 않으며 자라는
초록 연잎들 호수를 빼곡히 덮듯
비우면서 자라는 그리움이
빈 가슴을 가득 채우면

비 내리는 날
아름답게 만나고
아쉽게 헤어지면서
서로 상처 남기는 일 없이
물방울 쏟아 내는
연꽃 호수를 찾는다

비에 젖지 않는 연잎 사이
수줍은 듯 볼 붉은 연분홍

싱싱한 연꽃 봉오리 같던

내 마음속 차지한 웃음 머금은

영원히 지지 않을 듯

청순한 그대 모습

빗속에서 가슴으로 만나며

옥구슬 가만히 쏟아 내는

연잎처럼 아름다운 그리움도

소리 없이 예쁘게 비워 낸다.

법성포 해넘이

해 저무는 법성포
어스름 바다가 그리운 것은

바다로 떨어지는
붉은 노을이 눈시울 시리게
아름다워서만이 아니다

그 마지막 한 점
검붉은 핏빛 노을 뒤
바람 속 흔들거리며 춤추듯
내려오려는 별빛 아래

그대와 나 같은 마음으로
변하지 않을 사랑이라 믿으며
그곳에 머물러 있었기 때문이다

그 순간 박제된 시간과 사랑이
머릿속 다락방 공간에 걸려 있는 것이다.

바람이네

날씨는 덥고 심심해서
바람이 사는
동네 제일 높은 언덕배기
바람이네 집 마실 갑니다

바람아 놀자
바람이 집에 없구나
나가고 없는 것 금방 알지요

집에 있는 날은
제 먼저 알고 쫓아 나와서
내 머리카락 비비며 반기거든요

바람이 나가고 없는 언덕 위
바람이네 빈집을
따가운 햇살이 지키고 있었어요

바람이 언제 들어와요
저녁때는 들어오겠지
나도 집에 가야 하니까

밤에는 집 못 봐줘

어두워지기 전에 올 거야

해님의 대답을 들으며

시무룩하게 돌아섭니다.

소나무 단상

눈길 머무는 곳
북에서 남으로 용맥
힘차게 이어 달리는
살아 있는 산의 나라

산들이 사시사철
살아서 내달릴 수 있는 것은
언제나 푸른 빛을 잃지 않는
소나무가 왕좌이어서다

무더운 여름이
무서운 여름으로 돌변하면서
주인 자리를 다투게 된 산은
소리 없는 아우성으로
치열하기만 하다

억만년 삶의 터전
내주어야 할지도 모르도록
소나무를 위협하며 옥죄어 가는
돌변한 반란의 여름을
누가 막아 줄까

부리질 듯 눈 무겁게 이고
푸르름 견디어 내게 하던
살 에이는 독한 겨울이
충성스러웠구나

동해 바다 명태 오징어가 떠나듯
소나무가 어느 날 떠나 버리고 없다면

우리 모두 사랑하는 너를 보내는
그런 일을 어찌 감당하고 살아간단 말이냐

가마솥 불볕 아래
푸르름 자랑하는 의연한 소나무를 보며

산의 나라 왕좌의 게임
여름의 반란 소나무를 응원한다.

아비지를 기리며

주위 아홉 나라 머리 숙여
예를 다한다고 했지요

부처 아래 구별 없다지만
적국 신라 땅 세상 최고의
황룡사 구층탑 세울 제
고국 그리는 꿈속 뜻밖의
망국의 꿈 놀란 가슴 쓸며
긴 망설임 끝 훗날의
하늘의 뜻을 어찌 알리오

님의 공력 솜씨 찬란했어요
나무도 돌도 떡 주무르듯
마법의 손길처럼 거대하고
섬세한 구층 목탑 세웠건만

현실이 된 두려웠던 망국의 꿈
천상에서조차 한으로 남아
혼 불어넣었던 탑 몽골리안
손 빌려 없던 일로 하였을까

고국 백제에는

당신의 흔적이 많지 않아요
무엇인가 뒤틀림 있었을까요

님의 한 서린 우수한 유전자
천 년을 전하며 오늘날 꽃피워
빛 발하며 세계 유수의 문화 강국
케이라 이름 붙어 온 세상을 누벼요

아비지 당신의
잃어버린 세월을 기립니다
이역만리 차출된 장인의 삶
생전 못다 했을 부부의 정
사랑하는 이 마음껏 괴이시며
극락정토 곳곳 마음 편히 자랑하소서.

개구리

어느 마에스트로의 지휘 아래
시작되는 합창일까
하늘 모여드는 비구름 보며
눈과 입 물 밖으로 내밀고
떨어지는 빗방울 지휘 삼아
잔잔히 한 파트씩 시작되는 노래

마음 차분히 귀 기울일 수 있는
아름다운 화음 합창 소리 늘 있어서
어느 때는 한낱 미물들의
소음으로 여기던 가벼운 시절

사라지면 귀함 알게 되고
듣고 싶어 할 때는 귀해져서
다시 듣기 어려워진
고향의 정다운 소리
초여름 텃논의 개구리들
울음주머니 한껏 부풀린 우렁차고
구성진 청 높은 합창 소리 그립다

비구름 몰고 오는 바람
빗방울 후두둑 떨어뜨릴 때

내 마음속 살고 있는

탱자 울 넘어 텃논의 개구리들

어느새 밤새워 기운차게

노래하는 소리 들린다.

노숙자

마음 익숙하고
편안하게 머물던 곳

즐거움 누리면서도 편안함을
더 좋아하게 된 오래 묵은 사랑

사랑 식었다고 변했다고
비워 달라며 나가 주세요

떠날 준비 안 된 마음인 채로
쫓겨나듯 마음 주소 옮기라 하니

급구한 허름한 임시 새 주소
당분간이라도 머물며 추스르면 좋으련만

마음은 그 흔한 위장 전입도
못 하는지 들여다보지도 않고

부는 바람 따라 떠도는 흰 구름 따라
노숙자처럼 휘휘 떠돌고 있다.

무지개

해와 비의 협업이려나
제각각 흩어진 마음처럼
여러 날 비만 오락가락한다

기다리는 소식은
쉬 오지 않는다
기다리다 지쳐 타 버려서
까맣게 잊고 있을 때

소나기 지나지도 않았는데
저 멀리 감탄의 무지개 보이는 날처럼
깜짝 반가운 소식은 그렇게 올 거다

여우 오랜만에 장가들고
반가운 소식 곱이 되는
쌍무지개 서는 날
잊은 듯 기다려진다

흩어진 마음 다시 모여서
선명하고 아름다운
무지개 세우는 날 반드시 오겠지.

나목 탕

하늘에 회색 비구름

암막 커튼 두텁게 두르고

뽀얀 물안개 촉촉이 피는

침침해진 조명 아래

흠뻑 뿌려지는 빗줄기 맞아

진하게 드러나는 젖은 몸

햇살 아래 부끄러움 모르던

나무들 부끄럽다는 듯

늘어진 가지 가리는 몸짓으로

은밀히 몸 닦는 시간

새들 어지러이 머물던 자리

다람쥐 청설모 천방지축

달음질치던 발자국

바람 수시로 들락거리고

머물며 사랑 나누던 흔적

감추고 싶은 은밀한 순간들

씻어 내고 닦아 내는 날

발아래 소복이 비누 거품 흘리며

목욕하는 늘씬한 편백

금남의 산속 나목 탕

벗은 채 목욕하는 나무들

부끄러워하지 않도록

눈 가린 우산 고개 숙인 채

발걸음 소리 죽여 걷는 행인들.

미운 사랑

매매할래
순간 미운 맘
아차 입 벌어지고
가슴 멈칫하며
내지르지는 못하는
애틋한 사랑

토라져 행복하니
잘 먹고 잘 살아
아니지 미워서 안 돼
너무 행복하면
배 아파서 어쩌지
머릿속 맴도는데
입 떨어지지 않는

밉다 미워 말함은
한순간의 성냄이고
나머지는
온통 사랑이고 그리움인 것을.

채석강 공유 지분

가파른 절벽 억겁을
바위 갈고 다듬는 파도라는
이름의 석수 머무는 채석강

격포 바다 가르는 긴 방파제
끝나는 곳 빈 외로운 등대
기대어 마주했던 선홍빛
장엄하고 황홀한 해넘이
말 잊고 넋마저 잃었던
순수한 마음 내 것이었을까

소중하고 귀한 줄 모르고
꼬깃꼬깃 구겨 넣었던
시간의 파지들을 펼치며
구겨진 채로 남아 있을지 모를
그 마음 찾아 나선 낯선 시간

공유 지분으로 영구 보존된
함께할 때 아름답던 노을
반쪽 아쉬운 해넘이로 남은
훼손된 아름다움

그때 그곳 붉은 노을에 담은

흠결 없는 온전한 마음

공유 지분까지 다시 찾고 싶은

아름답고 황홀했던 날들.

이슬

간밤 불던 바람에
감나무 흘린 눈물 풀잎마다
맺혀 발길 촉촉이 적시는 새벽
때 이른 땡감으로 품 떠나보낸
감 어머니의 슬픔
곁의 탱자 울 밑 지난밤
떨어뜨린 애호박 눈에 밟혀
덩그런 눈물 고여 있는 호박잎도
위로가 절실한 아침
식물이어서 눈물 없을까
무엇인들 깨물려 아프지 않은
손가락 있을까
슬픔 위로하는 새들 날아들고
먼 산 위 얼굴 내민 해님
환한 분홍빛 손수건 내밀며
눈물 따뜻하게 닦아 주는
여름날 정갈한 아침의 아픔
땡감도 무른 감도 떨어짐은
시간이 정할 뿐이라며
슬퍼하지 말라 한다.

사랑의 대가

사랑의 기쁨은 사라지고 대가는
누군가는 상처받은 상실감이 되고
또 다른 누군가에게는
세심한 그리움으로 자리한다

비 내리는 소리
풀잎 눕히는 바람
안개에 숨겨진 흐르는 강물
햇살 밝은 날 흰 구름 한 덩이 한가한 하늘
눈을 맞추어야 보일 듯 말 듯 작은 풀꽃
깊은 밤 나뭇잎에 내리는 노란 달빛
벚꽃잎처럼 흩날리는 눈송이
낱낱의 의미가 다르게 주어지는
사랑 뒤에 숨어 있는 그리움

정열적인 사랑은 꿈꾸며 찾아 헤매는
눈앞 펼쳐지는 유토피아
사랑하다 헤어지고 상처받고 슬픔 남아도
무릉도원 거닐어 보고 상실감이든
그리움이든 느껴 보고 싶지 않은가.

처서

게으른 여름 더위 멈추라는
전령 지나가고 영은 서지 않는다

힘 잃은 농가월령가 천하지대본
천덕꾸러기처럼 구겨진 생의 근본

입 틀어진 모기들만 짧은 시절
비틀어진 입으로 극성을 떨지만

숨죽인 듯 가을은 치맛자락 추스르며
꽃무릇꽃 거느리고 무대 뒤에 서 있다.

아카시아

세상에 서는 순간
아무도 믿지 못했지

가까이 오지 마 손대지 마
가시를 촘촘히 붙였어

사춘기 지나면서 조금씩
키 자라고 몸통 굵어지고

시간이 지날수록 세상은
그럭저럭 살 만해져 갔어

어른이 되어 가면서
촘촘하던 가시 다 떼어 냈지

가시 대신 꽃 촘촘히 달고
진한 향기 흘리며 손짓할 수 있었어

아무나 와도 괜찮아
아카시아 너를 닮고 싶어.

가을 오는 소리

해님 붉은 망토 자락
휘날리며 가시는 뒷모습
장엄하고 눈부신 저녁노을

여름내 창밖 머물던 해
한 뼘씩 창 안 기웃거리는
어쩔 수 없는 가을날
들어오는 빛살 그림자 따라
같이 오는 가을의 전령사
귀뚜라미 메뚜기 베짱이 여치…

간절히 마음 문 두드리는
애잔한 풀벌레 합주곡 소리
청량하고 익숙한 끌리는 리듬
닫힌 가슴 다시 열리고
튀어나오는 그리움의 노랫말

들려줄 사람 잊어야 하는
있는 듯 없는 그대 향한
무망한 그리움의 시
다시 쓸 수밖에 없는
쓸쓸한 가을 오는 소리.

리필

깨어진 그릇에는 리필 어렵지만

그대 향하는 그리움의 항아리

단아한 큰 달항아리처럼 온전히

빈 채 자리하고 있는 이 가을 깊은 겨울

오기 전 리필의 희망이 남아 있을까요

그대 가슴에 담았던 이 몸도

깨뜨려지지 않은 빈 항아리로

그대 안에 남았다면

리필의 가능성이 있을까요

국화 향 속 커피 향이 어우러지는

늦은 가을날 찬 바람 불 때마다

노란 손 흔들며 우수수 떠나는

은행잎들을 보며 깊어진 사랑에도

이름 모를 슬픔이 묻어나는

낙엽 뒹구는 길 그 위의 사람들

머무는 이 떠나는 사람 구별이 어렵다

비어 가는 커피잔에 리필을 하면서

늘 커피 향을 느끼게 하던 그대가 몹시

생각나는 날

빈 항아리 같은 쓸쓸한 마음들

깨뜨려지지 않고 엎어진 사랑이라면

눈시울 젖어 드는 아픈 가을날

망설임도 자존심도 소슬바람에 실어 보내고

리필을 주문할 수 있는 용기를 주소서.

쓰는 일

작은 것이 눈에 들어오고
안 보이던 것들이 보이려 하는

들리지 않던 소리 들리고
귀 밝아지며 기울여지는

오감 깨어나 정신 맑아지고
머뭇거리던 일들이 명료해지는

평면의 모습들 일어서서
입체적으로 다가오려 하는

많은 것들 표현의 경계 사라지고
소통할 수 있는 마음 열리려 하는

어둡고 쌀쌀한 곳 가난한 영혼
밝은 곳으로 한 걸음 내딛는

흰 구름 한 덩이 지날 때 친구 삼아
따라나서는 외롭지 않은 일.

아 가을이다

노랗게 예쁜 쑥부쟁이꽃
하얗게 부드러워진 할매 되어
바람 따라 길 떠날 준비 마친

숨죽여 기다리던 비 그친 땅속
꽃무릇 밤새 한 뼘이나 솟아
꽃망울 달고 셋 둘 하나
터뜨릴 순간 헤아리고 있는

보송보송 강아지풀 솜털
어느덧 자라서 여물대로 여문
씨앗 달고 바람에 눕는

아
가을이다.

별리

같이 갈래 묻는 듯
숲을 지나는 건들바람

눕는 듯 끄덕이는 풀잎
아직요 흔드는 나뭇잎들

바람 풀 나뭇잎 몸짓 따라
한 걸음씩 다가서는 가을

간다 미안해 하며 가고
아니 간다 하면 아니 가는

그런 수더분한 사이라면
허전한 외로움 덜 할 텐데

간다는 풀도 아직요 하던
잎도 모두 가더라 마는

아니 간다 약속 잊고는
말없이 가는 야속한 그를

붙잡을 수 없느냐고 간곡히
바람에 묻는 쓸쓸한 가을날.

눈물 꽃

내 마음 모르면서
네 마음을 들이고
모르는 내 마음은
너에게 내주었지

서로 주고받은 마음끼리
열정 다해 미친 듯 사랑했어

내게 들인 네 마음
너도 잘 모르는 마음이라면
제멋대로인 두 마음 만나
간섭받을 것 없이
아름답고 향기 짙은
거부할 수 없는 매혹
사랑 꽃 송이송이 오래 피웠지

꽃이 떨어지듯
들인 마음 떨어지고
내준 마음 버려진 자리

낯설고 모진 눈물 꽃 피고
눈물 꽃 방울방울 진 자리

질 줄 모르는 멍울진

그리움 씨앗만 남았어.

신발

꽃눈 날리는 봄날의 꽃길
소나기 쏟아지던 여름 숲속
갈꽃 은빛 물결 강변의 굳은 약속
함박눈 내리는 겨울 바닷가

진 땅 마른 땅 함께하며
꼭 붙어 행복에 겨워 쏘다녔는데

더럽혀지면 깨끗이 빨아서
햇볕 아래 고슬고슬 말려
발 참 편하다며 변함없이
사랑해 주고 아껴 주더니

고운 모습 사라지고
상처 남은 헌 신발 되어
발 언제 편했던가
진 땅 마른 땅 함께했던 날
있기나 했었던가 다 잊어버리는

깨어진 사랑 끊어진 인연
잊혀지면서 버려지는 신발입니다.

도리깨

햇살 밝은 자드락밭

감자 고추 들깨 서리태

올망졸망 사이좋은 이웃들

달빛 아래 예쁜

작은 꽃 알록달록 달고

푸른 별빛 보며

두견이 울음 함께

도란거리던 여름밤들

꼬투리 속 오순도순

서리태 튼실한 형제들

앙다문 씨집 가득

꼭꼭 박힌 까만 들깨 알들

임꺽정 수하 도리깨 두령

곽쥐를 만나는 날

살집 터지고 피 튀기듯

사방 튀어 흩어져

헤어지는 날

뒷동산 가장자리 빙 둘러

한 꼬투리 속 같은 마을
이루고 살던 정다운 이웃들
곽쥐 아닌 누가 휘두른
도리깨에 천지 사방으로
흩어지게 되었을까

도리깨 휘두르고
어깨에 얹은 채 돌아가는
흰 구름 저편 하늘빛 뒷모습
제우스 그림자를 본다.

낙엽

가시를 떼어 냈어
잎도 버리라 하네

어제까지의 기억들
모두 버리라 하네

지난날의 기쁨 사랑
자랑스러움 모두 버리라 하네

시든 잎 달고 보잘것없이
서 있는 지금 모습 인정하고

시작할 때 가난했던 빈 가지로
돌아가라 바람이 그리 전하네.

맷돌

우연히 시작된 만남
사랑 점점 깊어지며
이제는 너 없이는 못 살아
운명이구나 싶은 너였어

네 꼭 잡은 손 놓지 않고
세상을 돌며 힘차게 살았어
너를 만나 고소함 달콤함 시원함
온갖 기쁨 누릴 수 있었지

단 한 번 주어지는 운명적 사랑
우연 아닌 필연이라고 믿은 나
너에게는 우연이었을 뿐인데

우리 사랑 멈추는 날
너는 가볍게 떠날 수 있는 맷손
나는 움직임 어려운 단단한 맷돌

맷손 없는 맷돌 되어
움직이지 못하고 멈춘 나

우연을 운명으로 받아들인

어처구니없는 상처 입은 나

기억은 상처보다 오래도록 남는 것

가슴에 무거운 맷돌 하나 올려졌어.

나들이

하늘이 작은 구름 하나
더불어 나들이 나선
햇살 밝은 조용한 가을날

하늘 가까운 산보다
더 먼 낮은 강 냇물 호수
옹달샘 찾아 사뿐히 내려오는

내려다보던
거만스러운 모습 거두고
팔 베고 물 위에 누워
하늘 빈 자리 구름 바람
겸손하게 느릿느릿 올려다보며

품 안 놀던 새 부리에
콕콕 찍히고
물수제비 뜨는 돌팔매에
따끔따끔 얻어맞고
맺어 줄 때 멀리서 듣던
사랑하는 이들 기도 소리
곁에서 들으며 가볍게
사는 것처럼 사는 날

하늘빛 영롱하고

물빛 투명한 가을날.

 물빛 투명한 가을날.

시월은

바람 숨어 우는 시월은
경건한 기도가 어울리는 계절입니다

높고 깊어진 하늘 향해
우리 옛 어머니들처럼
흰머리 풀어 헤친 무리 진 갈꽃
고개 숙여 빌고 또 비는
맑은 음향 겸손한 시월은

간절한 마음으로 기도하는 대로
꼭 이루어질 것 같은 엄숙함이
머무는 시간입니다

용서해라 그립다 보고 싶다
그리고 언제까지나 사랑한다
셀 수 없이 속삭이던 언어들

모두 기도 속에 담아 숨어 우는
바람에 조용히 실려 보내는
영혼으로 기도하는 침묵의
시간입니다 시월은.

하루

햇살 투명한 창
꿀을 문 입 뒤 꽁지에는
침을 감춘 꿀벌 한 마리
전할 말이라도 있는 듯 유리창에 앉아
손짓발짓하며 붙어 있는 날

매일 오늘만 같아라 하고 바라는 날들
기억 지워서 빼고 싶은 하루
살아가다 보면 우연히
만나게 되는 그런 하루들

입에 머금은 달콤한 꿀에 취해
꿈꾸듯 하늘을 날며
매일매일 오늘만 같아라
눈먼 사랑 나누던 날들

꽁지에 감춘 침에 찔리는
쓰리고 아픈 이별의 순간
억장 무너지고 가슴 베이는
지우개로 빡빡 지우고 싶은 날

꿀 같던 날들 침 찔리던 하루도

더하고 뺄 것 없는 하루더라
눈멀었던 사랑 오래도록
추억 달콤해서 좋고 침 무서워
꿀 포기할 수는 없는 일이니.

가을의 시

가을이 세상에 가득 뿌려 놓은
아름다운 시를 한 줄도
주워 담지 못하고 보내는 가을
눈과 감성이 안타깝습니다

보이는 대로 주워서
느끼는 대로 쓰면 된다고
누군가 속삭이는데
청맹과니 되었는지 눈은 떴어도
안 보이고 수리가 필요한지
마음 문도 열리지 않습니다

샛노란 은행잎 노란 국화 다 모여드는
노랑 세상 외투 깃 세운 연인들

세상 붉은색이라 쓰면
모두 모여라 타오르는 단풍

하늘 향해 고개 숙여 하얗게
빌고 비는 마른 바람 숨긴 갈대숲

이슬 흩어 반짝이는 서릿발

주상절리 선 바스락거리는 풀밭 오솔길

봄 여름 가을 햇살 모두 담고
톡 터지게 여물어 익어 새들 산짐승
손짓하는 나무마다 풀마다
예쁜 열매 씨앗들

찾고 싶은 시는 어디 있을까

소풍 길 하나도 찾지 못해
섭섭했던 보물찾기 그래도
아름답기만 한 아 가을날.

4부

때로는 멋진 가끔은 섭섭한

남천나무

봄날 하얀 조그만 꽃잎들 입가에 노란 웃음
수줍게 머금고 부끄러운 듯 무리 지어
소박하게 숨어 있는 듯 피던 꽃들

노랑 꽃술 진 자리 뜨거운 여름 햇살
두드리는 비 견디고 소리 없이 키워서
가을날 알차게 여문 열매들 추운 겨울 동안
많던 꽃송이 수만큼 빨갛게 꽃보다 더 예쁜
열매 주렁주렁 매달고 빨갛게 단풍으로
물든 잎과 함께 겨울을 장식한다
예쁘기도 해라

꽃보다 아름다운 사람
피보다 더 진하다는 사랑도
마무리가 너보다 아름답기 어렵겠지
기도하던 눈물 염원하던 소망
겨울의 너의 모습에서 찾아진다
마무리가 아름다운 흰 눈 속에 붉은
보석 같은 열매들 사랑도 인생도
너처럼이기를 꿈을 꾼다.

가을비

살다 보면 누구나
숨기고 싶고 감추고 싶은
영혼의 어둠도 있지요

이별 후 감당할 수 없을 만큼
네가 못 견디게 그립다
잊지 못하는 못난 마음
자꾸만 커지는 그리움도 들키고
싶지 않은 것 중 하나지요

약한 모습 감추고 싶은
마음도 가슴도 여린 사람들
남몰래 숨어 흘린 눈물 모여
차갑고 무거운 구름이 되고

살아 춤추는 기억들로 잠 못 드는
깊은 어둠 속 애먼 나뭇잎 떨구며
서둘러 가고 있는 가을 재촉하듯
추적추적 차가운 가을비로 내려요

그리운 그대 곱게 잠든 창
그렁그렁 쏟아질 듯

구슬로 방울방울 맺혀

안타깝게 들여다보다가

하염없이 굴러 내리는

눈물 같은 가을비 내려요.

억새꽃

그대 그리운 날엔
고개 들고 바라보는
가파른 오름 위 하늘

하얀 억새꽃 닮은
물끄러미 표정 잃은
창백한 낮달 하늘 가운데
정처 없이 방황하는 날

푸르게 멍든 가슴 휘젓는
바람의 피리 소리 따라
서릿발 서듯 결기 있는 모습
오름 가득 하얀 억새꽃

눈으로만 보는 꽃이 아닌
소리까지 들어야 하는
빈 대롱 끝 소리 머금고
피어 있는 억새꽃

바람 지날 때마다
너를 영원히 사랑한다
절규하며 울부짖는 꽃.

서리꽃

손톱 물들이던 누이들
떠나고 없는 주인 잃은 그곳
씨앗이 씨앗을 놓으면서
봉숭아 피고 지고 있을까

한해살이풀꽃 해마다 피던
울 밑 봉선화처럼 한세상
뒤에도 누군가는 씨앗으로
이어져 오고 가며 살아가겠지

사는 것이 엿같아서 울고 싶은 날은
창 열고 바람을 불러 같이 운다
나보다 더 울부짖는 바람
큰 슬픔도 나누면 덜어지더라

초겨울 그믐달 만나는
여명 밝기 전 희미한 어둠
바람 보낸 창을 닫고
이슬 눈물 맑은 봉오리 모두
꽃으로 피는 서리꽃 세상
얼음 기둥을 맞이해도
삶은 이어져야만 한다

새벽 기차에 몸을 싣고
상고대 펼쳐진 산속 찾아
떠나고 싶은 싸늘한 아침.

술래 같은

겨울 밀치면서
죽은 것들을 살려 내며
화려한 꽃 무리 거느리고
보무당당히 오시던 봄

여름 긴 치맛자락 뒤
부끄러운 듯 숨어서
오는지 모르게 오는 가을

떨어지는 꽃잎 뒤 숨어
한마디 작별의 인사도 못 하고
도망치듯 바쁘게 떠나 버린 봄

봄 여름 가을이 머무는 집 열매
화려한 색동옷 입힌 단풍 모두
거느리고 바람의 노래 부르며
아쉬움 속 가시는 가을

그럴 수만 있다면
봄처럼 맞이하고
보내야 한다면 가을처럼
보내고 싶은 사랑

가을처럼 오는지 모르게
깊숙이 와서는 안에 있는
모든 것 활활 불태워 버리고

섬세한 슬픔만 남기고
봄처럼 숨어서 가는
한바탕 술래잡기 같은 사랑.

만추

무 배추밭 언저리 머물던 햇살
서둘러 자리를 뜨는
짧아지는 길이만큼
가을을 살아야 하는
삶의 깊이는 더 깊어져야만 하리라

한 해 또다시 저물어 가도
꽃송이 가득 품은 채
꽃 한 송이 피지 않고
곁을 주지 않으며 함께 가는
가시투성이 선인장 같은
외롭고 고단한 삶을 사는 그대여

놓지 못하는 추억도
꽃피울 날 기다리는
미련도 놓아 버려라
누구도 맞설 수 없는 절대자
시간 앞에 겸손한 자세로
기도해야 하는 늦은 가을에는

오래전 잃어버린 별 헤던 밤하늘
다시 찾아 치미는 뜨거움

얼어붙는 차가움 식히고 녹여 내는

깊어진 삶 아름답게 저무는

가을이어야만 하리라 인생은.

궁따다

창 안 깊숙이 스며들던
봄 여름 가을 겨울의
밝고 휘황하던 노오란 달빛
달은 모두 보았고 기억할
너와 나의 숱한 이야기들

재생 버튼을 누르면 다시
펼쳐지고 부끄러워질지도 모르는
아름답지만 수줍은 긴 세월 쌓인 사연들
어찌 감당하려 돌아앉아
시치미 떼고 모르쇠라니

젊음은 시간이 끌고 갔어도
마음은 같이 끌려가지 않았지
뒤돌아보기 쉬워진 나뭇잎 떨어진
늦은 가을날 달빛에 실려 묻어오는
너와 함께한 은밀한 그날들

하얀 달빛 아래 둘이 만들고
별빛조차 보이지 않는 어둠 속
혼자서 바람에 불러 주는
쓸쓸한 노래 사랑의 추억

깊은 가을날 책갈피 사이 한 조각씩

단풍잎 함께 갈무리하게 된 지나간 날

슬프고 아름다운 사랑 이야기.

바람 강물 그리움

이름 없는 들꽃 다정하게
어루만지며 지나는
순한 바람이고 싶었어
아름다움과 매혹적인 향기에
머뭇거리지 않으며
미련에 뒤돌아보지 않는 바람

푸르른 강 언덕 고루 적시며
더 낮은 곳 찾아 다 안아 주고
느리게 흐르는 겸손한
강물이고 싶었지
조금이라도 높은 곳으로
돌아가려 하지 않는 강물

잠시 옷깃 스치고 지나간 인연
희미한 기억 속에서도
언젠가 다시 찾아보고 싶은
잊혀지지 않는 선한 그리움이고 싶었어

살같이 빠르게 빙글빙글 돌며
진행하는 시간의 장난스러움
한 바구니에 담긴 채 몹시 흔들리며

제자리 벗어나 움직이는 것들

흩어진 인연 헤아리며
자꾸만 뒤돌아보고 머뭇거리며
바람에 눕는 풀잎
돌아오지 않는 강물이 피운 물안개
그리워하는 강 언덕
인연 다해 떠나간 깊고 푸른 사랑
못 잊는 그리움

유행 지나간 오랫동안 입은 옷
미련하고 남루하다 해도
편하고 익숙해서 입으려 하는
변하지 않는 마음 언제까지나
바람 강물 그리움이고 싶다.

겨울 산

산그늘 가득 노랫소리 끊이지 않던 새들
무리 지어 쏟아지는 빗방울 달래며
사뿐히 받아 주던 무수한 나뭇잎들
다 떠나보내고 허허로운 듯 돌아앉은
겨울 산이 쩌르릉 헛기침하는 새벽

곱고 고운 품 안 사랑스럽던 단풍 미인
사랑하면서도 보내야만 했던 서러운 이별
멀리 떠나보낸 슬픔은 한 번에 오지 않고
멀리멀리 돌아서 헐벗은 모습으로
잠 못 드는 겨울 내내 찾아온다

내면의 슬픔 승화시키려 알몸으로 받는
바람의 채찍 고통의 신음 삼키며
묵묵히 받아 내고 슬픔의 눈물
보이지 않으려 고드름으로 붙들고
실연의 아픔 무거운 침묵 속에 성장통
이겨 내는 겨울 산 앞날을 기약하는 말 없는
믿음직스럽고 듬직한 사내 중의 사내 모습

수많은 산처럼 이곳저곳 넘나들며
오랜 세월 뿌리내렸던 우리 짙고도

깊었던 사랑 이야기들 남겨 두고

조금은 쉽게 움직여 버린 그대

겨울 산처럼 견디며 어렵게 떠나보낸다.

첫눈 내리는 날

첫눈 오는 날을 부푼 기대와 설렘 지니고
약속해 놓고 애타게 기다리던 싱싱한 마음들은
지금 어디서 무엇을 하고 있을까
첫눈은 화끈하게 화답하며 찾아왔는데
어느 곳에 있든지 외투 깃 높게 세우고
설레는 마음으로 약속 지키려
서둘러 현관문을 나섰겠지

고개 들고 두 팔 벌려 반가운 눈
온몸으로 맞이하며 어지러운 발자국을 남기고
발그레한 볼로 찻집 문을 밀고
두 손안 감싼 김 오르는 따뜻한 찻잔 사이
쏟아질 듯 살아 있는 쏘는 눈빛으로
애틋이 교환하던 첫사랑의 꿈같은 언어들
첫눈 내리면 더 깊어지고 커지던 사랑

첫눈은 변함없이 내리는데
보고 싶은 사람 만나고 싶은 사람
눈 내리는 창가 마주 앉아 찻잔을 감싸안고
애틋한 눈빛을 나누고 싶은 소망은
움직임 활발한 역동적 화면 지난 뒤
천천히 다시 보여 주는 느린 화면처럼

느리고 큰 그리움으로만 남은 그대

눈꽃 속에 핀 멀리 지나온 날들의 아름다운
추억만 허공에 어지러이 눈과 함께 뿌려지는 날
밖으로 뛰어나가고 싶은 마음 여전한
기다림과 반가움의 첫눈 내리는 날.

눈사람

눈을 기다리는 사람들의
축복을 받으며 어린 엄마 아빠를 둔
튼실한 눈사람이 떼굴떼굴 구르며
울음소리도 없이 이곳저곳 턱턱
태어나 눈 머금고 쑥쑥 자라고
알에서 깨어난 백조보다 더 하얀
눈오리도 여기저기 눈밭을 헤엄치는
즐거움 넘치는 환상의 겨울 왕국
함박눈이 펑펑 쏟아지는 날
아름다운 눈꽃 나무 숲 정원
눈사람 모여 사는 마을 눈사람은
들지 않는 돈도 한 푼 들지 않는 이글루
하나 뚝딱 지어 놓고 겨울 왕국으로
이사해서 너랑 나랑 즐거움 누리며
이 겨울 온통 행복하게 살까.

겨울 호수

호수 가득 단아하고 우아한 초록 자태
뽐내며 봄 여름 내내 고임 받고 싶어
애타게 두드리고 구애하던 비들의
살가운 고백도 은근슬쩍 퉁치면서
애만 태우게 하던 연잎들

불 밝히듯 꽃 피웠던 자리 화려하고
성대하던 연등회 끝난 뒤 꽃 등불 모두
꺼지고 낭랑한 독경 소리 사라진 고요함 속

귀화한 왜가리 힘겨운 겨울 사냥 구슬픈
울음소리 날갯짓 아래 시린 물결만 찰랑인다
화려했던 물 위의 봄 여름날 알 리 없는
뿌리들은 물 밑 진흙탕 깊은 곳 겨울을
살아 내느라 힘겹다

화려함 속 덩달아 신나 하던 쇠물닭
식구들은 어느 잎새 뒤 숨어 겨울을
살다가 다시 나타나서 헤엄치며
숨바꼭질 달음박질할까.

폭설

번개도 천둥도 숨겨 둔 동장군이
소리 없이 아우성치며 폭설 쏟아 내는 하늘

두터운 구름 꽃잎처럼 벗겨 내 소리도 없이
쏟아붓는 하늘 가득 난 분분 눈꽃 송이

회색 구름 눈송이 되어 땅으로 내려져 온통
흰 옥양목 눈 이불 무겁게 덮인 세상

가지 무성한 늙은 소나무 눈 가득 이고
늘어진 모습 위태로운 숲속

밤새 여백 가득한 선명한 동양화 한 폭
그림으로 바뀌어진 세상 그림 속 숨겨진 채

고립된 고라니 산비둘기 장끼 까투리
산토끼 다람쥐들 놀란 목숨 어찌하나

높은 가지 꼭대기 눈 가득 인 까치 둥지
까치 부부 설날 배고프다 우짖는데

나이테 한 줄 더 그린 사람들 고단한 삶
잠시 덮어 두고 여백에 소망을 그려 넣는 날.

오늘의 운세

내일로 가는 오늘이 온다
10간 12지 띠로 묶여진 사람들
같은 하루가 묶인 띠 따라
다르게 펼쳐지는 오늘

기쁜 날 꽃이 있으면 기쁨 커지고
슬픈 날 꽃을 보면 위로가 되듯
별 관심 없고 믿지 않아도
있으면 읽게 되는 오늘의 운세

돈벼락 맞는 날이라면
멍청이 된 가슴 제대로 뛸까
뒤로 넘어져도 코 깨지는 운이면
가슴 철렁 조심에 또 조심할까

귀인을 만남이라면
오늘이 온통 기다림일까
무탈 그저 그거면 심심풀이
오늘의 운세 감사할 날이지.

진눈깨비

혼탁한 어둠의 뒤끝
구름 물씨들 눈으로 내려오다가
마음 변해 비로 떨어지려 한다
비가 되려나 눈이 되려나
눈이 되고 싶은 비가 되고 싶은
제각각 물씨들의 바람
마음대로 내려오려무나 비도 눈도 아닌
추적추적 무거운 진눈깨비 되어 내린다

바람 햇살 밝은 화사한 날
노란 해바라기 꽃물결 가득한
소망 이루어질 것 같은 희망 섞인 그림이 되고
또렷하던 빗소리 멈춘 아침
물빛 담백한 수채화처럼 투명한
씻어 낸 풍경이 된다

과거에 묻어 두어야 할 기억
현재로 다시 데려와야 할 기억
구별하지 못하는 혼란한 마음 자락
그려 낸 화면 가득 마음속 풍경화
사랑도 아닌 미움도 아닌 지나간 사랑
무거운 진눈깨비 되어 내린다.

12월

십이월의 산과 들

가득 차 있던 산과 들이

천천히 비워진 비움의 계절

비워지면서 트이는 시야가

쓸쓸하면서도 시원하다

끼 있는 여인이 진한 화장 지워 내고

민낯 드러내듯

내 마음도 겨울의 들녘처럼

떨어질 듯 말 듯 억척스레 붙어 있는

마지막 잎새마저 떨어뜨리고

빈 마음으로 트이는 쓸쓸함 속

청량함을 느끼고 싶다

비움의 미학 비워지는 과정의 아픔

시련 뒤의 아름다움과 성숙

화장 지운 민낯의 그를 사랑했듯

마지막 잎으로 떨어진 그녀

이제 시가 그를 기억하겠지

그렇게 12월을 사랑한다.

놀이터

풀대 시들어 말라비틀어진 잎새 아닌
강아지풀의 흔적이 바람에 흔들리는 흉내를 낸다
푸르른 날 긴 머리카락 빗질하며
강아지풀에 머무르던 바람

가슴은 치마 깃을 올려 잡고
하늘 높이 그네를 뛰려 한다
밤이 가까워진 비어 가는 놀이터 아직
어둠 멀다고 제 혼자서 더 높이 날려 한다
밀어 주며 같이 타던 사람 떠나 버린 흔들리는
빈 그네에서 서성이는 모습이 짠하다

돌아가는 긴 줄넘기 줄 아래 뛰어들어 오래도록
뛰는 사람 쉬 걸리는 사람 순서대로 떠나는
긴 줄넘기 놀이 만나고 헤어짐의 숱한 인연도
내 안으로 들어오고 머무르고
떠나가는 긴 줄넘기 놀이처럼이다

텅 빈 놀이터 줄의 한쪽 끝을 잡고
돌리려고 애쓰는 마음이
말라비틀어진 강아지풀처럼 안쓰럽다
풀대도 놀이터도 되살아나는 봄이 오면

가슴도 다른 인연의 기대 속에 다시
콩닥콩닥 뛰기를 기원해 본다.

그림자

어제와 오늘만 있는
오지 않는 내일에
사랑을 걸어 두려 발돋움했다

같이하는 시간들 서로 다르게
기록되는 것 모른 채
기억의 켜짐 누르고 시작된 죄 없는 사랑

오랫동안 같이한 시간 끝나고
다르게 저장된 지우려 하는 너와
지우지 못할 기억으로 남은 나
그렇게 눌러진 꺼짐과 멈춘 사랑

흔전만전 흔한 사랑 모두 잊겠다는 너
흔하지 않은 명품 잊을 수 없어 잊지 말자는 나

존재하지 않는 내일로 사라진 우리
빛이 없는 곳에서도
사라지지 않는 머릿속 그림자 된 너

영원불멸의 고귀한 사랑
아픔 느끼는 사람만

한 줄 아름다운 시 되어

오지 않는 내일에 걸 수 있는 것.

장마

여름날 장마에 밤새 불어난

범람할 듯 말 듯 위태로운 거대해진 강을

너랑 보러 가고는 했었어

어둠 쓸어내리며 밤새워 쏟아지던 작달비

다 받은 강은 터질 듯 부푼 채로 굉음 울리며

미친 듯 몸부림치면서 무섭게 내달렸지

시간 흘러도 잊히지 않는

내 안의 수많은 기억들 잊으려

마르지 않는 눈물 흘려보내지만

비 내리는 어둠이면 너를 향한 무수한 기억들

터질 듯 몸부림치던 미친 강물처럼

머릿속 꽉 찬 채 소리 내어 울부짖는다

되풀이되는 여름 장마

건들장마를 기대하기도 하지만

때로는 몸부림치는 위태로운 강

내 안 너의 기억으로 마르지 않는 눈물의 장마도

살아 있는 동안 찾아오고 마음도 터질 듯 몸부림치며

한바탕씩 미친 듯 내달리겠지

어둠 속 작달비 쏟아지는 밤

힘겹게 지탱하는 둑 무너질 듯 말 듯

범람하려는 추억의 장마 그리움 그칠 줄 모르고

위태롭게 밤 지새우며 쏟아져 내린다.

운주사

번듯하게 서 있는 기와지붕 아래 부처는
근엄한 모습으로 높이 앉아 있는데 지붕 밖
돌부처는 산과 들 땅에 하늘 지붕 삼아
태평스레 누웠다 누워 있는 부처는 지붕
안으로 들고 서 있거나 앉아 있는 부처는
지붕 밖으로 나오는 것이 훨씬 상식이련만

천 년 전 불국토 이룬 시절 모두 부처 되어
흥부네처럼 식구 많아서 어느 무더운
여름날 밖으로 나와 누운 것이 그대로
천 년을 내리 잠이 들었으려나

앉아 내려다보는 부처께 엎드려 절하며
잘 들리지도 않는 소리로 열심히 예불하는
사람들 누워 있는 부처 옆에 팔베개하고
누워 도란거리며 눈 맞추고 베개송사 하는
예불이 더 편하고 부처 마음 얻는 일도
수월할 것을 운주사 와불 부처의 마음을
천 년 동안 헤아리지 못하고 눈 아래
누워 있는 부처들 무심히 내려다보며
법당에 드는 사람들

어느 해 늦가을 만났던 별빛 아래 누워 있을

와불을 소환해 망각의 강물에 배 띄운 사람들

위해 불자 아닌 중생이 베갯머리송사로

스물아홉 자 광명진언을 읊는다.

그리움을 만났다

그리움은 누구에게나
초대받지 않은 손님으로 온다

편한 때 한 번 오지 않고 잠든 시간 외 어느
때고 무시로 드나드는 개념 없는 손님이더라

바다의 철썩이는 파도 아닌
강물 위 소리 없이 반짝이는 윤슬을 닮은
가까운 길은 찾지도 않으며 돌아 돌아
느릿느릿 천천히 온다

활짝 핀 꽃송이보다 바람에 날리는 지는
꽃잎을 보고 크면서 밝음보다 어둠 속
햇빛보다 달빛 아래 서 있고

따뜻함보다 시리도록 차가운 날이나
소나기보다 보슬비 속에 숨어 스며 온다

색을 입히면 초록 빨강의 화려함 아닌
은행잎의 노랑이나 낙엽의 갈색
보랏빛 엽서 어울리는 모습으로

봄날엔 푸른 청보리 이삭 물결 위

지저귀는 종다리와 하늘에 머물고

낮은 회색빛 하늘 눈송이 어지럽게 날리는

겨울날엔 구르는 잎새들 따라 땅 위를 맴돈다

순진한 소녀의 모습이 아닌

사랑의 묘약을 아는 원숙한 모습으로

어느 때고 오는 길 가는 길

서두르는 법도 없다 그리움은.

멧비둘기

빈 겨울 산과 들
낮게 내려온 하늘이 무겁다

무거운 하늘 아래
새들도 무서워 노래를 잊었을까

봄부터 여름 가을까지 들리던 멧비둘기 울음
왜 겨울에는 들리지 않을까

남쪽 나라 찾아간 친구들 짐 속에
소리는 담아 보냈을까
봄 오면 다시 가져와 같이 노래하자고

해거름 녘 낙엽을 뒤적이며
날갯짓하는 바쁜 멧비둘기 부부

사는 게 편안해야 콧노래가
흥얼거려지듯 정녕 그러한 것일까

삶이 고달파 노래를 잊어버린
겨울 산비둘기 헛헛한 울음이 귓가에 그립다.

사랑의 서사

남녘에서 오신다는 봄님도
험한 고갯길보다
강물에 배 띄워 노 저어 오시는 길이
더 수월하다 생각하실 거야
이어지는 봉우리들 그림처럼 예쁜
산허리 굽이굽이 돌아 흐르는 섬진강
맑은 물에 꽃배 띄우고 산 그림자 속
매화 산수유 개나리 진달래 산벚꽃
오지게 그려 넣으며 오실 날이 저만큼 가까운데

깊고 푸르도록 오래 한 사랑
어쩌지 못하는 운명의 외통수에 막혀
끝이 난 기약은 없는 남루한 이별 뒤
가슴속 맺힌 멍울 삭지 못하고 터져서
피는 서러움의 그리움 담은 눈물 꽃도
장구목 파도처럼 깎이고 깊게 파여진
너럭바위 위 무심히 흐르는 반짝이는
윤슬을 따라 느릿느릿 다시 오겠지

누군가를 사랑한다는 것
흐르는 시간이 기억을 싣고
훔쳐 갈 줄 알았는데

과거에 고스란히 남겨 두고

세월 저만 가 버리니 야속하여라

멈추지 못하는 추억

오고 가는 계절 모든 것들

그리움 담아 맞이하고 허전하게 보내면서

씁쓸한 웃음까지 머금어야 하는

슬프고 잔인한 한으로 남는 진하게 한

사랑의 완벽한 결말이라는 것.

상록수

눈 남아 있는 초록 잎새 사이
가종피 열매 예쁘게 달고
붉은 작은 전구 점등한 사철나무 주목
빨간 열매들 화사한 크리스마스트리처럼
저물녘 어스름 속 곱기도 하다

눈 속 주린 새들의 귀한 먹이 되어
저녁거리 내주며 바람 재우는 솔숲 대숲
품에 보금자리 꾸미고 겨울나기
희망 가지라는 듯 지루한 어둠 속
등불처럼 반가운 늘 푸른 상록수들

이익 따라 이리저리 흔들리며 굽신거리는
갈대 무리 횡행하는 세태 속 굽히지 않는
꼿꼿한 기개 닮고 싶은 나무들의 당당함

불의에 굴하지 않는 곧고 푸른 싱싱한 마음
조건 따라 움직이지 않고 한결같이 커 가는
단단한 사랑
올바른 삶의 모습 그리운 날
푸르게 사는 것이 이기는 것
나무들 희망의 속삭임 들으며

어둠 속 들어가는 겨울 고요한 황혼 녘
어지러운 마음 달래듯 겨울 안개 온 누리
부드럽게 감싸안는 평정의 순간.

고사리

산새 소리 호젓한 적막한 산속
봄의 정령들 봄나들이 온다는

봄바람 난 처녀들 꼬임 물들지
않은 부끄러움 많은 사춘기 전
고사리손을 지닌 순진무구한
봄의 정령을 찾아 나선 길

관목 무성한 산속 나무들 사이로
햇살 끌어들여 냉기 밀어낸
촉촉이 물기 머금은 눈 녹은 땅
봄바람에 하늘거리는 풀잎 춤추는 곳

쑥 뽑아 올린 아름다운 몸매
수줍은 듯 얼굴 들지 못하고
고개 숙인 큰 키에 미처 펼치지 못한
솜털 보송한 조그만 손을 내민 봄

수줍음 속 여린 소녀 반가움에
손 내미니 속절없이 품에 안기는
더운물 목욕재계시키고 고향 동무
싸릿대 둥근 채반에 둘러앉힌다

친구들 모여 살던 산골 이야기
봄볕 아래 나누며 여물어 가는 봄날.

삼짇날

햇살 자비로운 삼짇날 둥그런 보름달 닮은 노란
초가집 지붕에 참새와 제비 쌍쌍이 날아들었습니다

봄날 다시 찾아온 귀한 손님 제비 집주인 허락 얻고
비바람 피하는 처마 밑 안락한 자리 둥지 틀고
둥지 아래 해우소는 집주인이 덤으로 붙여 줍니다

지난해 가을 허수아비 시켜 쫓아낸 천덕꾸러기 참새
승낙받지 못하고 지붕 속 몰래 숨어들어 둥지 틀고
지내는데 춥고 긴 겨울밤 동네 악동들 모여 심심풀이
불시 가택 수색 놀이에 붙잡혀 가기도 합니다

여름날 지루한 장맛비에 힘들고 수다가 그리울 때는
마당 가로지른 빈 빨랫줄에 나란히 줄지어 앉아
쏟아지는 비 맞으며 마루에 앉은 주인집 식구들
칭찬도 하고 흉도 보며 마음껏 지저귑니다

가을이면 정 떼고 남쪽 나라로 훌쩍 떠나가는 제비 손님
조금 미운 짓을 해도 항상 곁에 사는 참새 이웃
미운 정도 정인데 원만한 관계 설정이 아쉽습니다

부끄러움 알아 두꺼운 어둠 한 겹만 살짝 걷어 내던

호롱불 아래 제비 참새 허수아비 시골 초가집 모두
정겨운 전설 같은 그리운 옛이야기가 되었습니다.

첫눈

겨울이면
꼭 찾아오는 아이
봄 여름 가을
탯줄의 시간을 지나
탯줄 잘리며
이름 얻는 일도 쉬운
첫눈
모든 이들이 설렘을 안으며
반기는 천진난만한 아이
올해도 어김없이 찾아왔는데

가슴 발갛게 물들이며
천방지축 나대던
한번 떠난 순진무구한 사랑은
언제 다시 찾아오려나.

갈퀴나물꽃

길섶 아무렇게나
작은 무리 지으며 핀 풀 꽃송이

네 이름 아니
부끄럽다는 듯 이내 빨개진 볼

고개를 끄덕이는 듯
천천히 도리질하는 듯

아는지 모르는지
애교스러운 작은 진분홍 꽃들

갈퀴나물꽃이라 부를까
네 마음에 들면 기쁘고

마음에 차지 않으면
별명쯤으로 기억해 주려무나

앙증맞게 예쁘고 사랑스러운 모습
그냥 지날 수는 없어

가던 발걸음 멈추고

고개 숙여 바라다보며 말 걸어 보고

뒤돌아서 다시 쳐다보고
가만히 이름 불러 주며 지나는 풀꽃.

꿈꾸는

꽃이 지지 않고
영원하다면 아름답다 할까요
영원할 것 같던 젊은 날의 그 예쁜 사랑도
아름다움을 좇는 욕망 때문에
영원하지 않은 거래요

아름다움은 앞모습이고
더 넓고 깊은 뒤태는 슬픔이래요

약속은 시간의 끈으로 묶어서
매듭으로 만들어 마음속 걸어 놓은
보이지도 않고 실용적이지도 않은
어여쁜 장식품일 뿐인지도 모르지요
시간의 끈을 노끈처럼 원하는 대로
만들어 쓸 수 있는 이 있을까요
튼튼하지 못한 매듭이 되는 것이지요

꽃이 늙음을 걱정하나요
꽃은 되고 싶어 하면서 우리는 망설이지요
사랑도 늙음은 잊고 하는 거래요
삶이 이슬이고 바람의 노래라면
그저 가뭄에도 마르지 않는 물맛 좋은

깊은 샘이고 싶은 꿈꾸는 자의

것일지도 모르지요

사랑은.

벚꽃

사랑하는 사람을 사랑했던 사람으로
일기장에 아프게 표현하는 일 없기를
정성 들여 쓰는 손 글씨 눈물로
얼룩지는 순간이 오지 않기를
올리는 기도 속 간절히 담았었는데

연기처럼 허공에 사라진 나를 향한
그대의 희미해진 감정 아직도 오래도록
가슴에 담겨 있을 것만 같은
그대 향하는 짙고 푸른 나의 마음

떨어져 흩날리는 꽃잎들 꽃잎은
이미 꽃으로 한곳에 머물기 싫다고
뒷모습 보이며 영원히 떠나는데
꽃을 못 잊는 무너지는 가슴의 아픔을
어찌 감당해야 하나

흰 눈 소담히 내리면 두 줄 발자국
다정하게 남기며 함께 거닐던
사랑의 거리를 눈송이처럼 흩날리며
떠나는 눈부시게 아름다운 꽃잎들
붙잡을 수 없는 안타까움

멈출 수 없는 서러움

눈시울 젖어 드는 그리움을 어쩌란 말이냐.

꽃

꽃을 피우기까지를
꽃들로부터 들어 보셨나요
저절로 쉽게 피운 것 같아도
사연 없는 꽃 없을 거예요

삼백예순 날 밤낮을 준비하기도
드물게는 삼천육백 날도 더
준비하는 꽃도 있을 것을요

사람이 좋아하는 꽃이나
꽃이 좋아할지 모르는 사람이나

꽃을 피워 꽃이 되기까지
태어나서 사람 되기까지는
저마다의 아프고 힘든 다 말하지
못하는 서사 긴 사연들이 있어요

꽃보다 사람이 아름다운
사람보다 꽃이 아름다운

꽃은 꽃이면서
사람은 사람이면서

서로 더 아름다워지면 좋겠지요

꽃이나 사람이나 다른 꽃 다른 사람에게

사랑받고 싶어 하는 것은 같을 테니까요.

명품 사랑

보고 있어도 보고 싶은

볼 수 없다면 더 보고 싶은

그대 정교한 손길로 온전한 내 마음

상감기법처럼 파내고 새긴 뒤

그 마음 채워 넣고 오랫동안 뜨겁게 익혀서

다른 빛깔이면서 하나가 된 눈부신 무늬

흰 구름 한가한 푸른 하늘

날갯짓 아름다운 문양

천 마리 학이 머무는 하늘

한 마리 우아한 학이었지

하늘 누비는 꿈 꾸다가

비췻빛 하늘 날 수 있게 된 상감청자

마주한 두 마음 단단히 이어 붙여

빚어지고 뜨겁게 달구어 담금되어진

둘이 만든 완전한 하나

따로는 존재할 수조차 없는

커다란 순백의 기품 넘치며 넉넉한

백자 달항아리

튀어나와 더 높고 넓은 하늘로

날아가 버린다 해도

별들 함께 밤하늘에 올라

모두 사랑하는 둥그런

보름 달님이 된다 해도

영원히 허접하지 않은 명품으로 남아

하늘만 보아도 보고 또 보고 싶을 사랑.

어떤 목소리

핸드폰 속 이름 꾹 누르면
자판기 음료 캔 튀어나오듯
여보세요 하는
목소리 튀어나온다

세상 어디에 있든 누르면
이름 따라 튀어나오는
반갑고 익숙한 목소리들

눌러도 목소리 나오지 않는
누를 수도 없는
언젠가는 튀어나올 것만 같아
지울 수도 없고 미련만 남은
대답 없는 이름이 하나둘
자리하더라

작은 휴대폰 안
밝기와 색깔이 제각기 다른
하늘의 별이 되어 버린
아스라이 귓가에 남은
그리운 목소리들 하나씩
세월 흐름 속 바람 따라
늘어만 가더라.

마음 숲에 부는 바람 소리

1판 1쇄 발행 2026년 1월 19일

저자 유종식

교정 주현강 **편집** 윤혜린 **마케팅·지원** 이창민

펴낸곳 (주)하움출판사 **펴낸이** 문현광

이메일 haum1000@naver.com **홈페이지** haum.kr
블로그 blog.naver.com/haum1000 **인스타그램** @haum1007

ISBN 979-11-7374-297-2(03810)

좋은 책을 만들겠습니다.
하움출판사는 독자 여러분의 의견에 항상 귀 기울이고 있습니다.
파본은 구입처에서 교환해 드립니다.